Oscar A.H. Schmitz
Märchen aus dem Unbewussten

AF188257

Oscar A. H. Schmitz

Märchen
aus dem Unbewussten

Herausgegeben und bearbeitet von Detlef Weigt

Impressum:
Bibliografische Information der Deutschen Nationalbibliothek:
Die Deutsche Nationalbibliothek verzeichnet diese Publikation
in der Deutschen Nationalbibliografie; detaillierte bibliografische Daten sind im Internet über http://dnb.dnb.de abrufbar.
© 2023 Detlef Weigt

Herstellung und Verlag:
BoD – Books on Demand, Norderstedt

ISBN: 9783749471966

Originalausgabe:
Oscar A.H. Schmitz: Märchen aus dem Unbewussten. —
Mit einem Vorwort von C.G. Jung. —
München: Hanser 1932.

Vorwort

Für das Leben und das Werk von Oscar A. H. Schmitz (1873-1931), können hier nur kurze Andeutungen gegeben werden. In wohlhabenden Verhältnissen aufgewachsen, sollte er nach dem Willen seines Vaters vor einer finanziellen Unterstützung erst einen akademischen Abschluss vorweisen. Der plötzliche Tod seines Vaters ermöglichte es ihm aber, sich dieser Verpflichtung, an der er zu scheitern drohte, zu entziehen und gab ihm nun völlige finanzielle Unabhängigkeit. Schmitz nutzte sie, sich als Bohemien und Dandy in den größeren Städten Europas einzuführen, ein beachteter Schriftsteller zu werden und die Bekanntschaft mit u.a. Stefan George, Thomas Mann, Ludwig Klages und den Kosmikern anzuknüpfen.

Existentielle Probleme führen ihn in die Analysen von K. Abraham und C. G. Jung. Zu diesen Fragen vgl. die vom Aufbau-Verlag mit einem Nachwort herausgegebene Tagebücher Schmitz' unter den Titeln: 1. „Das wilde Leben der Boheme", 2. „Ein Dandy auf Reisen" und 3. „Durch das Land der Dämonen".

Trotz seiner vielfältigen literarischen Werke gelangt C. G. Jung in seinem Vorwort zur Originalausgabe der hier wieder abgedruckten Märchen zu der provozierenden These, dass Schmitz gerade erst hier, in den Märchen, ganz zu sich gekommen sei und die Bilanz bzw. das Fazit seines Lebens ziehe.

Aber auch schon nach dem Ersten Weltkrieg konnte man eine Verschiebung der ihn interessierenden Thematik beobachten. Die östliche Philosophie und abendländische esoterische Traditionen werden interessant, was sich in solchen Titeln wie „Psychoanalyse und Yoga" (1923) und „Geist der Astrologie" (1922) ausdrückt. Ohne seine schriftstellerische Tätigkeit abwerten zu wollen, postuliert Jung, Schmitz habe sich in den Märchen „die einfachste und passendste Hülle angelegt, ... um den einfachsten und unmittelbarsten Zugang zum Verständnis des Herzens zu finden" und „Dinge zu sagen, die in meilenweiter Entfernung von seiner sonstigen literarischen Produktion stehen". Solche Resultate, die scheinbar naiv in Gestalt von Märchen daherkommen, sind ganz und gar nicht vergleichbar mit seinen anderen Werken, sondern eröffnen eine ganz eigene Bedeutungsdimension, jenseits vom bewusst-gewollten literarischen Schaffen und den Ausdrucksmöglichkeiten des Ich. Diese neue Dimension ist eine psychische, im Sinne des umfassenden Charakters einer objektiven Psyche, bzw. der objektiven Bedeutsamkeit des Psychischen, wo in „großen Erlebnissen" im Inneren sich Subjektivität und Weltgehalt ganz vereinen. „Die Aussage des Herzens bezieht sich — im Gegensatz zur Aussage des diskriminierenden Verstandes — immer aufs Ganze. Die Saiten des Herzens erklingen wie die Aeolsharfe unter dem leisen Hauche der ahnungsvollen Stimmung, die nicht übertönt, sondern lauscht."

Ganz am Ende des Lebens erlebt Schmitz eine durch die Freundschaft mit C. G. Jung angeregte „Erschütterung der Fundamente ... [und] eine kosmische Standpunktverschiebung", das Eröffnen, Durchkämpfen und Klären eines seelischen Dramas, dessen symbolischer Ausdruck die dargestellten Märchen sind.

„Das entscheidende Erlebnis seines Lebens war für Schmitz die Erkenntnis der Tatsächlichkeit der Seele und die damit verbundene Überwindung des rationalistischen Psychologismus." Durch eine quasi automatische literarische Schreibtechnik, die bewusst das Bewusstsein auszuschalten strebt, versuchte sich Schmitz dieser Sphäre anzunähern. Zur Interpretation und Aneignung seiner Texte kann man daher nicht rationalistisch vorgehen, dennoch sind für das Verständnis die Hinweise von Jung entsprechend seiner Konzeption der „Individuation" beachtenswert. Der König bedeute hier das herrschende Bewusstseinsprinzip, das sich von der eigenen Vitalität und Instinktivität (Fische) loslöste und diese abgespaltenen Inhalte wieder zu integrieren sucht. So erklären sich die Pilgerfahrt, die versuchte Beziehungsaufnahme zum Schatten (unfähiger Thronnachfolger), die Integration der Anima (weibliche Gestalten) und die Beziehungsaufnahme zur objektiven Dimension des Geistes.

Aber solche Deutungsversuche sind müßig, auch „Schmitz selber wusste im Grunde nicht, was sein Märchen bedeutet", wenn nicht der Leser die eigne Verstandestätigkeit und das Wissen-Wollen, das Bemächtigen-Wollen abstreift und die Märchen so liest, dass sie die eigenen verborgenen Bereiche des Unbewussten anregt und aktiviert.

Jung schließt sein Vorwort mit den Worten: „Das Fischotter-märchen ist der rührende und bescheidende Ausdruck einer alles ergreifenden und verwandelnden Initiation. Daher mit Aufmerksamkeit und Nachdenklichkeit zu lesen! Denn als dies alles sich in ihm erfüllt hatte, starb Schmitz. In diesem kleinen Märchen erzählt er der Nachwelt, wie es ihm ergangen und welche Wandlungen seine Seele durchlaufen hat, bis sie bereit war, ihr Werkzeug von sich zu legen und ihr Lebensexperiment zu beenden."

Das Märchen vom König und dem Fischotter

Es waren nur noch wenige Fische in dem silbernen Becken, das der König in seinem Park hatte aufstellen lassen. Die Fischer des Landes klagten, dass sie in den Flüssen und Teichen nichts mehr fingen. Niemand konnte den Grund angeben, denn es handelte sich nicht um ein Fischsterben. Auch tote Fische wurden nicht gefunden. Es war, als ob die Fische das Land verlassen hätten. Der König war darüber sehr ungehalten, nicht nur, weil er besonders gern Fische auf seiner Tafel sah, sondern weil ihn das Rätselhafte des Vorgangs nicht gleichgültig ließ. Es konnte kein gutes Zeichen sein, wenn die Fische ein Königreich verließen. Er fragte seine Ratgeber, Weise und Zauberer nach ihrer Meinung, aber in seinem Herzen gab er nicht viel auf ihre Worte. Wichtiger waren ihm die Gespräche, die er nachts im Ehebett mit seiner Gemahlin pflegte. Diese war eine verarmte Prinzessin gewesen aus einer Gegend des Landes, wo seit vielen Jahrhunderten immer wieder einzelne Menschen, besonders Frauen, imstande waren, das Sichtbare zu deuten und das Unsichtbare wahrzunehmen.

„Es ist, wie du sagst", antwortete die Königin, als ihr Gemahl die Ampel gelöscht und ihr das Missgeschick mitgeteilt hatte. „Ein gutes Zeichen kann es nicht sein, aber schon oft hat Ungutes zu Gutem geführt, wenn man, statt zu klagen und sich zu fürchten, seiner Bedeutung inne geworden ist."

„Wie aber sollte das in diesem Fall geschehen?" fragte der König begierig.

„Wir müssen einen der wenigen Fische, die noch in dem Becken sind, in Freiheit setzen, statt ihn aufzuzehren, und den andern Fischen nachsenden, mit dem Auftrag, von diesen zu erfahren, warum sie uns verlassen haben."

Bei Sonnenaufgang begab sich der König mit seinem Küchenmeister selbst zu dem Becken, in dem sich nur noch drei Hechte befanden, einer von geringer, einer von mittlerer Größe und ein großes, ausgewachsenes Tier.

„Oft", dachte der König, „sind die Kleinsten die Klügsten, aber zu dieser Botschaft gehört vor allem Ausdauer und Kraft, denn vielleicht ist der Weg weit."

Dazu kam, dass ihn der größte Hecht wie mit bittenden Augen anblickte. So ließ er ihn denn in einem Kübel herausnehmen und in einen nahen Bach setzen, der in einen Nebenfluss des Hauptstroms mündete. Dieser wälzte sich in breiten Fluten dem Meere zu.

Der König verbrachte einige Zeit in wachsender Unruhe, denn der ausgesandte Hecht kam nicht zurück. Auf der Tafel fehlten seitdem die Fischgerichte gänzlich, denn seine kluge Gattin hatte dem König geraten, auch die beiden noch in dem Becken befindlichen Fische nicht zu berühren. Am Ende der dritten Woche bemächtigte sich dieser eine Unruhe, wie man sie sonst bei Tieren mit kaltem Blut ohne äußeren Grund nicht sieht. Auf den Rat der Königin wurde nun auch der Hecht von mittlerer Größe ausgesandt.

Auch von ihm hörte man nichts mehr, als aber nach weiteren drei Wochen der kleinste so unruhig wurde, dass er sich durch die Luft schnellte und einmal sogar über den Rand des Beckens sprang, sagte die Königin:

„Wir müssen auch ihn aussetzen."

So geschah es. Bis dahin war ein heißer Sommer gewesen mit klaren, kaum von Gewittern unterbrochenen Sonnenwochen. Am Abend des Tages aber, an dem auch der dritte Hecht hinaus gesandt worden war, bezog sich der Himmel kohlschwarz, Blitze zerrissen die stickige Luft wie blutige Schwerter. Ein wilder Orkan erhob sich, fällte im Park Fichten und Föhren mit beängstigendem Krachen, und alle die von den Fischen verlassenen Wasser gingen in hohen Wellen.

Der König saß mit der Königin in einem Turmgemach und schaute dem Aufruhr der Natur zu.

Plötzlich warf er auf seine Frau einen tiefen misstrauischen Blick. Sie aber sagte:

„Ich lese deine Gedanken. Willst du daraus die Folgen ziehen, so muss ich es tragen. Ich bin in deiner Hand."

„Was willst du damit sagen?" fragte der König voll Furcht.

„Nicht mehr, als du eben gehört hast", erwiderte die Königin.

Sie verließen das Turmgemach, und als sich der König nachts zu Bett legte, fand er die Königin bereits in tiefem Schlummer. Ruhelos lag er neben ihr.

„Was für Gedanken waren das heute?" fragte er sich, und so kam er jetzt erst dazu, ihnen Beachtung zu schenken. Seine Gattin hatte auf ihn immer einen unverlöschlichen Zauber ausgeübt, und den empfand er auch heute noch, wo sie beide bereits zu altern begannen. Er selbst war eher eine verschlossene Natur, und wer ihn wenig kannte, musste ihn für finster, hart und kalt halten. Nur die Königin wusste es anders. Oft klang ihm ihre Stimme wie das Rauschen der Bäume, ihre Blicke waren manches Mal tief wie Bergseen, ihr Mund aber erschien ihm schön und furchtbar zugleich, als sei er imstande, Geheimnisse auszusprechen, die das Menschenherz nicht erträgt. Nicht selten hatte er die Gegenwart seiner Gattin unheimlich empfunden, und die Gefühle, die er in seinem Herzen trug, waren vermischt mit Schauern der Furcht und der Wonne.

Indessen war in langen Jahren die Königin ein Stück seines eigenen Lebens geworden, das er nicht mehr missen konnte und hinnahm, wie es war. Heute aber hatten sich in ihm Gedanken so weit geformt, dass sie, die Ahnungsvolle, sie lesen konnte, und dadurch sah er sie zum ersten Mal selbst in voller Deutlichkeit und mit großem Grauen. Diese Gedanken lauteten: „Ist meine einzige Vertraute überhaupt ein Mensch wie ich und andere oder ein Wesen, das nur menschliche Form angenommen hat, und wenn das so wäre, dient es mir zum Heil oder zum ewigen Verderben?"

So sehr ihn diese Gedanken quälten, sie hinderten nicht, dass ihn schließlich doch bleierne Müdigkeit überkam und er in tiefen Schlaf versank. Im Traume sah er sich in seinem Park, den ein schmales Gewässer durchzog. Plötzlich entdeckte er, dass es, wie früher, von einer Schar munterer Fische erfüllt war, an deren Spitze der größte der drei Hechte schwamm. Erfreut begrüßte der König den Zurückgekehrten und rief:

„Willkommen, willkommen, dein Anblick bereitet mir große Freude."

Die Fische schwammen lustig vorbei. Nach einiger Zeit kam ein zweiter Schwarm, an dessen Spitze der mittlere Hecht schwamm. Schließlich erschien auch noch der dritte, aber ihm folgten keine anderen Fische, dagegen begleitete ihn am Ufer ein Fischotter, der die Fische aufgezehrt, den kleinen Hecht aber verschont hatte. Der Otter blieb vor dem König stehen, zahm wie ein an den Umgang mit Menschen gewöhnter Hund, und ließ sich folgendergestalt vernehmen:

„O König, so wirst du das Geheimnis der Fische nicht lösen. Boten werden dir nicht helfen, du musst dich selber aufmachen, aber nicht wie ein König, umgeben von Gefolge und Gepränge, das die Menschen einschüchtert, sondern ganz allein wie ein Wanderer, der mühsam über die Landstraßen zieht, mit dürftigen Quartieren vorlieb nimmt und erfährt, welche Wünsche die Menschen erfüllen. Begib dich so bald wie möglich auf den Weg, denn es könnte zu spät für dich werden."

Der König erwachte, und die Worte des Fischotters bewegten ihn sehr. Früher war er oft auf Reisen gewesen. Bis weit in die Mannesjahre hatte ihn gedürstet, sich immer wieder an der bunten Mannigfaltigkeit neuer Länder zu ergötzen, aber seit langem war ihm in seinen Gärten das Fremde gleichgültig geworden. Von seinem Schloss aus regierte der König das Land mit Hilfe einiger Minister; er tat es gewissenhaft und scheute keine Mühe. Zum Lohn dafür hörte er selten klagen. Das Volk sah ihn nie, aber oft liefen Dankschreiben der Städte und Körperschaften ein, welche die gerechte Regierung priesen. Alles schien trefflich zu stehen. Nun sollte er sich also an der Schwelle des Alters allein, ohne Gefährten, noch einmal auf Reisen begeben. Das widersprach sehr seiner Neigung. Zugleich aber hatte ihn sein zurückgezogenes Leben so an den Verkehr mit den inneren Stimmen gewöhnt, die sich besonders in Träumen Gehör zu verschaffen suchen, dass er nur zu gut wusste, wie verderblich es ist, ihrer nicht zu achten.

Er weckte seine Gemahlin, die ihn gerade in schweren Augenblicken immer gut beraten hatte, so wenig sie von Regierungsgeschäften verstand, aber ehe er ihr noch seinen Traum mitgeteilt hatte, sagte sie:

„Ich weiß es, dass du Schweres in dir wälzest, aber dieses Mal darfst du mich nicht fragen, denn in deinen Gedanken ist Misstrauen gegen mich. Was ich dir auch sagen würde, nach einiger Zeit käme dir gewiss der Zweifel, ob du nicht falsch handelst, und das würde dich mit Unruhe erfüllen, ob du nun meinem Rat folgst oder nicht."

Der König bewunderte von neuem die Klugheit seiner Frau.

Am folgenden Tag ordnete er seine Geschäfte und teilte dem Hofe mit, dass er eine Pilgerfahrt unternehmen wolle. In der Frühe des übernächsten Tages aber, ehe noch jemand anders im Schlosse erwacht war, erhob er sich von seinem Lager. Er zog ein einfaches schwarzes Gewand an, das sehr seiner wenig hoffnungsvollen Stimmung entsprach, gleich dem Kleide des Magisters Valentin, des tiefsinnigen Gelehrten und Sternkundigen, von dem ein Bildnis an der Wand des Thronsaales neben den Ahnenbildern hing, weil dieser Mann den Großvater des Königs zeitlebens sehr weise beraten hatte.

In der Gestalt des Magisters trat der König nochmals an das Ehebett und nahm Abschied von seinem Weibe, nur mit einem Mantelsack ausgerüstet. Er trug eine Kapuze, die er tief ins Gesicht zog, damit ihn auch ältere Menschen, die sich von früher her seines Antlitzes hätten entsinnen können, nicht auf seiner Wanderschaft erkennen würden.

Wohin ging sein Weg? Er wusste es selbst nicht. Schon dachte er kaum mehr an die Fische, die sein Land verlassen zu haben schienen. Er ging nur und ging und wusste nichts als das eine, dass er einen unerklärlichen Bann zu lösen hatte, der auf ihm lag, und dass dies nur geschehen könnte, wenn er sich den Begegnungen des scheinbaren Zufalls überließ.

Um Sonnenuntergang des ersten Tages erreichte er eine Stadt. Als er sich dem Tor nahte, sah er auf den Äckern außerhalb der Mauer eine ältere Frau Unkraut ausjäten. Er redete sie an, fragte sie nach dem Namen der Stadt und erfuhr, dass es die war, welche „Mantel der Sünde" hieß, die einzige im Lande, über die seine Minister bisweilen besorgniserregende Nachrichten empfingen. Sie war der Sitz aller Unzufriedenen, wie es sie ja in jedem Reiche gibt.

Hier wohnten die meisten Armen, und zu ihnen gesellten sich Aufrührer aller Art. Die Reichen aber bestanden aus einem engen Verband erbeingesessener alter Geschlechter, die von altersher von den Vorfahren des Königs große Vorrechte empfangen hatten; eifersüchtig hüteten sie diese, um die anderen Stände nicht in ihren Rat dringen zu lassen. Während sich nun der König in Gestalt des Magisters Valentin der Stadt zuwenden wollte, fragte ihn die Frau, ob er schon Herberge habe. Wenn nicht, so wolle sie ihm gern eine Stube abgeben, reinlich und bequem, wenn auch dicht unter dem Dache gelegen. Die Gasthäuser seien wenig zu empfehlen, die meisten schmutzig und von Gesindel besucht, einige wenige aber üppig und laut, was einem ernsthaften und gesetzten Manne wohl ebenso wenig anstehen würde. Der König stimmte der Frau zu, die ihn nun zu ihrer Behausung führte. Unterwegs sagte er ihr, er sei ein wandernder Gelehrter, namens Magister Valentin, der die Sitten und Bräuche der verschiedenen Länder erforsche, um darüber ein Buch zu verfassen. Gerade ein solcher Hausgenosse schien der Frau recht zu sein. Sie nannte sich Frau Brigitte.

Ehe sich Magister Valentin nach einem einfachen Imbiss in dem Dachzimmer zur Ruhe begab, lehnte er sich in das Fenster, von dem aus er über die mondbeschienenen Dächer mit den zahllosen Schornsteinen blicken konnte. Draußen hörte man noch Frau Brigitte hantieren. Noch nie hatte er so dicht mit fremden Menschen zusammengehaust, und er fühlte sich eng ums Herz. Er konnte durch offenstehende Fenster drüben in die fremden Häuser sehen. Menschen saßen oder gingen in niedrigen Kammern umher. So also lebten seine Untertanen. Das war ihr Feierabend. In den folgenden Tagen fand er sich allmählich zurecht in den prächtigen Straßen und engen Gassen, in Lustgärten und schmutzigen Vorstädten, in Schänken und vor üppigen Schaubühnen. Er sah, dass die meisten das Leben nicht allzu schwer nahmen, die Armut ohne Verzweiflung ertrugen, die kleinsten Freuden herzhaft genossen, doch erreichten auch bittere Worte der Unzufriedenheit sein Ohr, welche die Regierung für viel Unglück verantwortlich machten. So sah er die Hoffart der Reichen, die Niedrigkeit der Armen, den gespreizten Dünkel der mittleren Stände, und wenn er sich fragte, welchem Zweck all der Lärm um ihn diente, dann musste er sich sagen: der Befriedigung des Hungers, den er nie gefühlt, und der Lust, die er längst hinter sich hatte. Wie fremd war ihm, dem König, doch sein Volk, das er Jahrzehnte lang gut regiert zu haben glaubte.

Vor der Stadt befand sich ein schilfumstandener Teich. Dorthin begab sich Magister Valentin fast täglich um die Zeit der Abenddämmerung. Er wusste nicht, was ihn hierher zog. Vielleicht war es der überraschende Fischreichtum des Wassers, der ihn an sein früheres Leben daheim in den Gärten erinnerte. Eines Abends hörte er ein eigentümliches Knistern im Schilf, und plötzlich stand der Fischotter seines Traumes vor ihm. Wie damals sprach das Tier: „Es ist gut, o König, dass du dich aufgemacht hast und unerkannt unter den Menschen lebst. Nur so kannst du wieder gewinnen, was du verloren hast, und noch vieles Unerwartete dazu."

Schon wollte der Otter wieder in dem Schilf verschwinden, als der König fragte:

„So verweile doch noch einen Augenblick und berate mich weiter. Was soll nun geschehen?"

„Es ist nichts zu raten", lautete die Antwort, „fahre fort, die Geschehnisse zu empfangen, wie sie kommen, folge ihnen, und alles wird sich so fügen, wie es gut ist."

Als der Magister eine halbe Stunde später gerade im Begriff war, die engen Treppen zu seiner Dachstube hinaufzusteigen, fasste ihn eine Hand am Mantel, und aus dem Schatten sprach eine Stimme:

„Sagt mir, Herr Magister, ihr seid doch viel in der Welt herumgekommen und könnt euch noch alter Zeiten erinnern. Habt ihr jemals das Antlitz unseres Königs gesehen?"

Der Angeredete erschrak ein wenig. Dann erkannte er in dem andern den etwa zwanzigjährigen Sohn Anselm der Frau Brigitte, der als Schreiber im Hause eines berühmten Rechtsgelehrten lebte und von Zeit zu Zeit seine Mutter besuchte.

„Ich habe den König früher öfter gesehen", erwiderte der Magister besonnen. „Sagt, was ist es mit ihm?"

„Warum zeigt er sich niemals dem Volk?" forschte der Junge. „Stürbe er, wie sollte das Land es erfahren? Wer weiß denn, ob er überhaupt noch lebt?"

„Die beste Regierung", versetzte der Magister, „ist die, welche niemand spürt. Würde sie aber eines Tages aussetzen, dann wüsste plötzlich jeder, was er ihr verdankt."

„Glaubt mir, Herr Magister", fuhr der junge Mann fort, „unter den Jüngeren im Lande zweifeln viele, ob der König noch lebt. Seine Frau, die eine Zauberin ist, sagen sie, regiert seit Jahren mit den Ministern, und unter ihre Befehle setzen sie das Siegel des toten Königs."

„Glaubt man das wirklich?" fragte der Magister tief betroffen.

„So ist es, so ist es", rief der Andere, „ich glaube es auch."

Als Magister Valentin seine Stube betreten hatte, war es schon ganz finster geworden. Er setzte sich nieder, trüben Gedanken hingegeben. Das Misstrauen gegen seine Frau kämpfte mit dem Glauben an sie. Dann fragte er sich, ob er recht getan hatte, dem Ruf des Fischotters zu folgen. War es nicht für das Land so, als sei er schon lange tot? Niemand merkte es, dass er seit einigen Wochen wirklich den Hof verlassen hatte. Alles ging weiter, wie vorher. Und ging es denn wirklich so schlecht? Nirgends unter Menschen ist Vollkommenheit, und darum muss es überall Unzufriedenheit geben. War die Stimme des Fischotters nicht vielleicht Verführung zu längst von ihm überwundener jugendlicher Unweisheit, die Vollkommenheit erstrebt, sich zu viel um das Kleine kümmert und damit auch noch das erreichbare Gute im Rahmen des Ganzen verfehlt? Nein, so war es nicht. Deshalb hatte er sich nicht auf die Wanderung begeben, sondern weil die Fische sein Königreich verlassen zu haben schienen, und das konnte nichts Gutes bedeuten. Aber hatten sie es denn wirklich verlassen? Nur aus seinem näheren Umkreis waren sie verschwunden. Hier, in dem Teich vor der Stadt, hatten sie sich in Scharen versammelt. Wenn er sie veranlassen könnte, zu ihm zurückzukehren, dann würde alles gut sein. Dann brauchte er nicht mehr an seinem Weibe, noch an seiner eigenen Regierungskunst zu zweifeln. Da konnte offenbar nur der Fischotter helfen. Nach der heutigen Begegnung mit ihm wäre ja auch aller Grund zur Hoffnung gewesen, wenn ihm nicht dann der junge Schreiber in den Weg getreten wäre.

Als er sich zur Ruhe legte, gedachte er voll Sehnsucht seines Weibes. Mochte sie sein, was sie wollte, sehr vermisste er jetzt die langjährige Gefährtin und Vertraute.

Im Schlafe war ihm, als versinke er tief in Abgründe, in eine andere unterirdische Stadt, in der alle Menschen zugleich Fische waren. Es wunderte ihn selbst, wie natürlich ihm das vorkam. Er wandelte — oder schwamm er? — wie einer von ihnen. Er hatte auch dort irgendwo eine Wohnung. Der heimliche und unsichtbare König der Stadt aber war der Fischotter. Ihm wagte sich niemand zu nähern, denn der verborgene Herrscher nährte sich vom Fleische seiner Untertanen. Nach einer vielleicht bestimmten, vorher aber nicht zu erratenden Reihenfolge wurden sie von dem Küchenmeister für die Tafel gefangen. Jeder vermied es, diesem Henker in den Weg zu kommen. So hatte man die Aussicht, noch lange übersehen zu werden. In dieser Hoffnung lebten die Besonneneren.

Der Magister erwachte mit schwerem Kopf. Den Tag verbrachte er sehr unruhig in fieberhafter Erwartung des Abends. In der Dämmerstunde schlich er wieder an den Teich vor der Stadt, in der Hoffnung, dass der Otter aus dem Schilf hervorkommen würde.

„Was wünschest du von mir, o König?" fragte plötzlich die erwartete Stimme neben ihm.

„Warum nennst du mich noch König?" fragte der Magister bekümmert, „weiß ich doch nun, dass du mächtiger bist als ich."

„Wir sind zwei Könige", flüsterte der Otter. „Meine Macht reicht nur bis dahin, wo die Finsternis an das Licht grenzt. Die deine dagegen reicht nicht bis in die Finsternis. Darum haben dich die Fische verlassen und sind zu mir gekommen, aber ich biete dir ein Bündnis an, wie es zwischen mächtigen Nachbarn, von denen einer den andern nie besiegen wird, am vorteilhaftesten ist."

„Wie soll ich das verstehen?" fragte der Magister voll Misstrauen.

„Du feierst, wie deine Vorfahren seit alten Zeiten tun, jede Woche einen Tag des Lichtes", erwiderte der Otter, „setze hinfort auch einen Feiertag des Dunkels ein. An diesem lass mich auf deinem Throne sitzen, dann kommen die Fische in deine Gärten zurück. Aber ich biete dir noch mehr. Willst du auf diese Weise mein Bruder sein, dann darfst du, wenn es dir beliebt, jederzeit auf meinem Thron sitzen." Mit diesen Worten verschwand der Otter wieder im Schilf.

Der König saß noch lange am Teich und dachte über die rätselhaften Worte nach. Wenn man dem Otter trauen konnte, dann war es wirklich ein guter Handel, den er vorschlug. Der König gewann die Mitherrschaft über das Dunkel für den Verzicht der Herrschaft im Licht während eines einzigen Wochentages. Der Vorschlag war zu vorteilhaft, als dass man dem trauen konnte, der ihn machte, obgleich er die Hauptkosten zu tragen hatte. Was mochte er im Schilde führen? Vielleicht genügte ein Tag in der Woche, um das ganze Königreich allmählich der Finsternis zu unterwerfen, deren Herrschaft der König dann am Ende mit dem Otter teilen sollte. Oder vielleicht verließ dieser den Thron überhaupt nicht mehr, wenn er ihn einmal inne hatte. Dann würde er, der frühere König, endgültig in das Dunkel verbannt. Freilich beruhigte ihn etwas der Gedanke, dass es dann wohl in seiner Macht stehen würde, dem Otter die Fische zu entziehen, wie dieser jetzt ihm getan hatte, und das würde für den Fischkönig schwerere Folgen haben für den Menschenkönig.

Als der Magister, in tiefe Gedanken versunken heimkehrte, trat ihm im Schatten der Treppe wieder der junge Schreiber Anselm entgegen und sagte: „Herr Magister, glaubt es mir, wir werden dahinter kommen, ob der König noch lebt. Die Jugend dieser Stadt rüstet sich zu einem Zug in das Schloss. Sie wird laut verlangen, des Königs Antlitz zu sehen, und wenn man ihn nicht zeigt, dann werden die Königin und die Minister gefangen genommen und vor ein Volksgericht gestellt werden. Es ist ein großes Geheimnis, was ich euch sage, und wenn ihr nur ein Wörtchen davon ausplaudert, dann ist euer Leben gefährdet."

„Warum aber verrätst du mir, dem Fremden, ein so wichtiges Geheimnis?" fragte der Magister unruhig.

„Weil wir euren Beistand brauchen, Herr Magister", lautete die Antwort. „Wir sind jung, und von Staatsgeschäften verstehen wir nichts. In dieser Stadt lebt kein Älterer, dem wir uns anvertrauen könnten, ohne sofort ins Gefängnis geworfen zu werden. Ihr aber seid ein gelehrter und besonnener Mann. Ihr habt auf euren Gängen durch die Stadt mit vielerlei Menschen gesprochen, und alle sagen, dass Ihr gut seid. Ihr wisst indessen nicht, dass Ihr selbst in großer Gefahr schwebt. Ich bin Schreiber bei einem mächtigen Mann und habe dieser Tage eine Schrift für den Hohen Rat anfertigen müssen. In dieser Schrift wird ein seit einigen Wochen in der Stadt lebender Fremder angeklagt, ein schwarzer Magier zu sein. Man weiß nicht, dass ich der Sohn eurer Wirtin bin und euch kenne. So konnte ich das Vorhaben durchschauen. Wenn ihr nun uns helfen wollt, dann helfen wir euch. Wer weiß, ob man euch nicht schon morgen in Ketten legen wird? Wir aber kennen einen sicheren Ort, wo wir euch verstecken können, bis unser Zug zu dem Schlosse des

Königs beginnt. Dafür müsst ihr uns dorthin begleiten und die Verhandlungen mit den Ministern führen. Ich klopfe morgen früh kurz vor Sonnenaufgang an eure Kammertür. Haltet euch bereit."

Mit diesen Worten verschwand Anselm. Der Magister gedachte der Worte des Fischotters: „Fahre fort, die Geschehnisse zu empfangen, wie sie kommen, folge ihnen und alles wird sich fügen, wie es gut ist."

Im Bett überfiel ihn sofort ein tiefer Schlaf. Wiederum befand er sich in der unterirdischen Stadt, aber dieses Mal fuhr er in einer seiner alten Karossen. Sein oberster Minister saß neben ihm. Sie hielten vor dem Palast des unterirdischen Königs, einem ausgehöhlten Berg mit einigen Fenstern. Die Ankömmlinge wurden von Dienern mit Fischköpfen empfangen und in den Thronsaal geführt. Dort saß auf einem Sessel von etwas trübem Gold der Fischotter. Er erhob sich und begrüßte seine Gäste sehr zuvorkommend.

„Willkommen, Herr Bruder", sagte der Otter, „unser Bund ist geschlossen. Euer Thron schwankt ein wenig, aber mit meiner Hilfe wird er bald fester stehen als je. Nun seht euch ein wenig in meinen Königreich um und labt euren Gaumen wieder an Fischen, die ihr in der letzten Zeit entbehrt habt."

Der Magister wusste nicht, wie lange er in dieser Unterwelt verweilt hatte, als ihn plötzlich lautes Pochen aus dem Schlafe riss. Vor seinem Bett stand der junge Anselm.

„Kommt schnell mit, Herr Magister", rief er. „Gleich nach Sonnenaufgang sollt ihr eingekerkert und auf die Folterbank gespannt werden, da man euch eure Geheimnisse entreißen möchte. Der Sohn des östlichen Torwächters ist in unserem Bund. Seinem Vater haben wir heute Nacht stark mit Wein zugesetzt und nun liegt er in tiefem Schlaf. Wenn ihr euch beeilt, bringen wir euch vor Sonnenaufgang ins Freie. Für das Weitere lasst mich sorgen."

Der Magister wusste, dass ihm keine Wahl blieb. Sein Herz, das er in den letzten Tagen schwer bedrückt gefühlt hatte, war nun ganz furchtlos geworden. Alles ging, wie Anselm gesagt hatte. Vor Stadttor erwartete sie ein ochsenbespannter Zeltwagen, der den Magister und Anselm aufnahm. Ein Bauer fuhr sie durch die Felder der Sonne entgegen. Vor dem Hof des Bauern hielt der Wagen, hier musste der Magister sich einige Tage verborgen halten. Tagsüber beobachtete er das Treiben der Knechte und Mägde zwischen Vieh und Hühnern, nachts aber führte ihn der Traum immer wieder in den Thronsaal des Fischotters, der ihn nun öfters bat, selbst auf dem Thronsessel aus trübem Golde Platz zu nehmen.

Dem fischköpfigen Hofstaat aber, dem sich auch der königliche Minister eingereiht hatte, sagte der Otter, alle hätten von nun an dem Lichtkönig genau so zu gehorchen wie ihm.

Am letzten Morgen wurde der Magister durch ein lautes Getümmel vor seinem Fenster geweckt. Unten im Hof stand Anselm in Waffen unter einer Schar von jungen Leuten. Draußen auf dem Feld waren noch mehrere Hundert Andere versammelt. Sie entboten Magister Valentin einen lauten, fröhlichen Morgengruß. Anselm trat zu ihm in sein Zimmer und erwies ihm hohe Ehren, so wie ein Krieger seinem Hauptmann.

„Herr Magister", sagte er, „jetzt da ihr auf unserer Seite steht, geloben wir euch, als unserem freiwillig gewählten Führer, Gehorsam auf jeden Fall, und wenn ihr selbst Ansprüche an den König habt, so vertreten wir sie mit euch bis zum letzten Atemzug."

„Wisst ihr den Weg?" fragte der Magister.

„Wir kennen nur die Richtung", erwiderte Anselm.

„Nun", sagte der Andere, „ich weiß den Weg genau, folgt mir."

Er führte nun die Schar dieselbe Straße, die er vor einiger Zeit in entgegengesetzter Richtung gegangen war. Wieder zog er die Kapuze über die Stirn, um von Vorübergehenden nicht erkannt zu werden. Am Nachmittag sahen sie vor sich die dunklen Tannen, welche das Schloss und seine Gärten in hoher dichter Hecke umgaben.

„Vor mir öffnen sich die Tore", sprach der Magister. Zwölf von euch begleiten mich ins Schloss, die übrigen lagern einstweilen hier auf freiem Feld, weiterer Befehle gewärtig."

Die jungen Leute gehorchten aufs Wort. Ihr Führer gefiel ihnen über die Maßen, weil er sich so gut aufs Befehlen verstand, wie einer, der einen wohlausgedachten Plan in sich trägt. Schnell hatte Anselm elf Kameraden ausgesucht, und mit ihnen folgte er dem Magister bis an die steinerne Pforte des Parks. Der Plan des Magisters aber war der: Er wollte seine jungen Freunde, die ihm auf der gemeinsamen Wanderung Wohlgefallen hatten, bis in den

Thronsaal führen, sie dort ein wenig warten lassen und dann selbst im Königsornat mit der Königin und dem Hofstaat wieder vor ihnen erscheinen. Darauf sollten sie ihre Wünsche vorbringen. Den zwölf Ausgewählten wollte er vorschlagen, dass sie in seiner Nähe blieben, um später den Hof und die Beamtenschaft zu verjüngen. Am Abend sollte dann draußen ein Gastmahl für alle geben werden, denen er sich zeigen wollte, so wie sie es gewünscht hatten.

Es kam indessen anders. Vor den Parkwächtern zog der Magister die Kapuze zurück. Sie erkannten in ihm staunend den zurückgekehrten König. Auf seinen Wink schwiegen sie und ließen ihn mit den zwölf jungen Leuten eintreten. Nicht anders ging es vor den Lakaien im Schloss. Der Magister stieg mit seinen Begleitern, die sich nicht wenig wunderten, die breite Prunktreppe hinauf, und sie betraten den im ersten Stock gelegenen Thronsaal. Zu des Magisters Staunen aber war der Saal nicht leer, sondern es fand gerade große Hofhaltung statt. Alle Blicke waren auf den König im Thronsessel gerichtet, so dass die Versammelten den Ankömmlingen den Rücken zukehrten. Der hofhaltende König aber war niemand anders als der Fischotter, an dessen Seite in schimmerndem Gewande die Königin saß. Auch sie war eine Fischotter, und sämtliche Personen des Hofes, Herren wie Damen, hatten Fischköpfe.

Als der Otter die zwölf jungen Männer erblicke, erhob er sich und sprach:

„Ich freue mich, dass die Jugend meines Lande mich besucht. Längst ist es Zeit, dass ihre Anliegen geprüft werden. Ich lade euch zwölf ein, hier zu bleiben und die Staatskunst zu erlernen. Später will ich aus euch meine Minister und Gesandten machen."

Die jungen Leute waren so betroffen, dass es selbst dem munteren Anselm die Rede verschlug. Darauf erhob sich die Königin und sagte:

„Auch ich heiße euch willkommen. Schon längt freue ich mich auf diesen Tag. Ich wollte indessen erst die Ankunft meines Gemahls abwarten, der heute von einer Pilgerfahrt verwandelt und mit neuen Plänen erfüllt zurückgekehrt ist."

Darauf nahm die Königin den Arm des Otters. Dieser sagte:

„Nun lasst uns hinaus zu euren Kameraden gehen und ihnen unser königliches Antlitz zeigen."

Als der Otter mit der Königin an dem sprachlosen Magister vorbeikam, drückte sich dieser so dicht an die Mauer, dass er nicht mehr einem Menschen glich, sondern einem Bildnis, das an der Wand zwischen anderen Bildnissen hing, welche die Vorfahren des Königs darstellten und die berühmten Männer, die ihrer Herrschaft Glanz verliehen hatten. Vor dem alten Bildnis des Magisters Valentin schlug sich das Otternpaar, wie auf Verabredung, die Purpurmäntel über Kopf und Stirn, so dass ihre Gesichter halb verhüllt waren. Dann schritten sie mit den zwölf Jünglingen und dem fischköpfigen Hofstaat, der ebenfalls, dem König und der Königin folgend, wie auf geheimen Befehl die Gesichter verhüllte, die Prunktreppe hinab und durch den Park vor das Tor, wo im Sonnenuntergang die junge Schar lagerte. Vor den Herannahenden erhoben sich alle.

Das Paar an der Spitze des aus dem Schloss kommenden Zuges streifte zuerst wieder die Hüllen von den Gesichtern, und nach ihnen tat der Hofstaat desgleichen.

Wie erstaunten Anselm und die jungen Leute, nun im Königsornat den wieder zu erkennen, der sie als Magister Valentin hierher geführt hatte. Auch die Königin und der Hofstaat hatten nun wieder menschliches Aussehen. Die jungen Scharen, die den Vorgängen in dem Thronsaal nicht beigewohnt hatten, überließen sich lautem Jubel. Anselm und seine Freunde aber hielten sich während des folgenden Gastmahls tief bewegt und flüsternd abseits.

Als der König und die Königin sich zur Ruhe in das Schloss begeben wollten, winkten sie die Zwölfe herbei, um mit ihnen näheres über ihre neuen Aufgaben zu besprechen. Anselm aber sagte halblaut, doch entschlossen:

„Erlaube uns, König, dass wir die hohe Ehre, die du uns anbietest, ausschlagen. Wähle unter unseren Kameraden andere an unserer Statt. Sie werden darüber glücklicher sein als wir. Uns hast du zu tief in dein Geheimnis blicken lassen, als dass wir dir noch in den Geschäften des Tages dienen könnten. Wir wollen in die nahen Wälder gehen, das Geheimnis hüten und denen vielleicht einmal Ratgeber werden, die sich in schwerer Lebensbedrängnis, wie die deine war, an uns wenden."

Der König war von diesen Worten tief erschüttert. Seine Blicke begegneten denen der Königin. Beide verstanden einander wieder wie früher. Der König aber sprach:

„Ihr habt wohl gesprochen. Mir ist die Einsamkeit nicht länger erlaubt, denn mein Land stellt mir neue Aufgaben. Wenn ihr aber mein Geheimnis hüten wollt, so will ich euch Zimmer- und Mauerleute hinaus in die Wälder schicken, die euch ein Haus bauen sollen."

So ist das berühmte Waldkloster entstanden, über dessen Eingangstür man noch heute, in Stein gehauen, einen Fischotter erkennt.

Die Fische aber sind in die Gärten des Königs zurückgekehrt und haben sie nicht mehr verlassen.

Das Märchen von dem Fischotter und dem anderen König

Der alte König war gestorben und seine Leiche in einem offenen Katafalk aufgebahrt worden. Die Trauernden hatten in der Abenddämmerung die weite Halle verlassen. Sieben goldene Lampen brannten um den Toten. Die Königin kniete vor ihm, ihren Arm um ihn geschlungen. Sie hatte Befehl gegeben, dass niemand ihre Totenwache während der letzten Nacht vor der Beisetzung stören sollte.

Viele Jahre waren in Glück und Frieden hingegangen, seit ihr Gemahl von seinem letzten Aufenthalt in der Stadt zurückgekehrt war. Die zwölf Jünglinge, die er zu ihrer Ausbildung in den Staatsgeschäften damals an den Hof gezogen hatte, waren inzwischen reife Männer geworden und befanden sich nun alle in hohen Stellungen.

Die zwölf anderen aber lebten in dem Waldkloster und wurden niemals bei Hofe gesehen, doch alljährlich einmal zog der König zu ihnen in die Wildnis hinaus, lebte dort wenige Wochen und teilte ihre Arbeit und ihre Gedanken. Sie brachten das meiste, was sie zum Leben brauchten, selbst hervor und ihr Denken kreiste unablässig um die Erkenntnis der Wahrheit. Kaum eine Nacht verging, ohne dass nicht ein oder der andere Gast unter ihrem Dache weilte. Darunter war mancher mächtige oder in Wissenschaften und Künsten gefeierte Mann, der von der Last der Geschäfte hier Erholung der Seele fand. Auch der König kehrte immer heiter und gestärkt aus dem Waldkloster zu seinen Pflichten zurück. Wenige Wochen vor seinem Tode war er noch einmal dort gewesen. Da geschah es, dass er in einer Herbstnacht aus tiefem Schlummer nicht mehr erwachte. Weil er keine Kinder hinterließ, war schon vor längerer Zeit ein Neffe zum Thronfolger bestimmt worden. Der Königin wurde in einem eine Tagereise entfernten Jagdschlösschen, wo sie mit ihrem Gatten oft glückliche Tage verbracht hatte, ihr Witwensitz angewiesen. Sie beschloss, ihre Übersiedelung so bald wie möglich nach dem Begräbnis vorzunehmen.

Obwohl das Paar oft darüber gesprochen hatte, dass der Tod des zuerst Sterbenden den andern gewiss in namenloser Verzweiflung zurücklassen würde, fühlte sich die Königin jetzt in ihrem tiefen Schmerz dem Gestorbenen so eng verbunden, dass dies auch durch sein Hinscheiden nicht aufhörte. Er war um sie wie immer, ja, er war es vielleicht noch mehr, wenn auch in veränderter Weise. Während sie nun allein bei dem Toten unter den sieben Lampen weilte, hatte sie sich wieder aufgerichtet und lange unverwandt in das edle Antlitz geschaut, in dem sie jeden Zug, jedes kleinste Fältchen kannte. Die Trauernden hatten gesagt, er habe einen überirdischen, verklärten Ausdruck angenommen. Ihr fiel es nicht auf, denn so hatte sie ihn schon in den letzten Jahren gesehen, als die anderen nur den Menschen von Fleisch und Blut in abwechselnd heiterer und nachdenklicher Stimmung gewahren konnten.

Kaum war die Glocke, die Mitternacht schlug, verstummt, als die Königin drei mächtige Schläge an der Pforte vernahm, die von der Halle ins Freie führte. Sie trat zu dem Ausgang hin und fragte, wer sie trotz ihrem Befehl störe. Eine Männerstimme antwortete: „Wir sind die zwölf Waldbrüder, wir kommen im Auftrag des Königs."

„Der König ist tot", antwortete die Königin, „er gibt keine Aufträge mehr".

„Wir wissen es", antwortete die Stimme, „aber unser Auftrag stammt von dem lebenden König. Er gab ihn uns neulich bei seinem Verweilen im Kloster. Wir sollen, wenn sein Leichnam hier zum letzten Mal aufgebahrt steht, in der Halle erscheinen, und Ihr sollt uns öffnen. Wir haben es von seiner Handschrift und mit seinem Insiegel."

Die Königin öffnete ohne Furcht. Zwölf Männer in Kutten und den Kopf verhüllenden Kapuzen mit Augenlöchern traten ein. Der Vorderste überreichte ihr ein Pergament mit Handschrift und Siegel des Königs. Sie schloss die Pforte wieder ab, während die Zwölf sich um den Sarkophag stellten, ihre Gesichter enthüllten und ein heiliges Lied anstimmten.

Die Königin erkannte nun Anselm, den Anführer derer, die einst der König aus der Stadt mit an den Hof gebracht hatte. Er reichte der Königin die Hand und sagte: „Er ist bei uns und er ist bei dir, o Königin, und so bist auch du bei uns, und wir sind bei dir. Wir haben ihm versprochen, dich in allen Lagen zu beschützen, denn schlimme Wirrnisse stehen diesem Lande bevor. Morgen früh tragen wir den Sarg in Gruft."

Darauf verbrachte die Königin mit den Zwölfen die letzte Nacht an dem offenen Katafalk bei Gesängen und Gebeten, und nachdem um die Zeit des herbstlichen Sonnenaufgangs die Beisetzung stattgefunden hatte, begaben sich die Männer in ihr Kloster zurück. Die Königin kam nicht mehr aus ihren Gemächern hervor bis zu dem Morgen, als sie die Kalesche bestieg, die sie nach ihrem neuen Wohnort bringen sollte. Der neue König, ihr Neffe, geleitete sie zwar mit höflichem Anstand hinaus und versprach ihr seinen Schutz, aber ein misstrauischer Blick flackerte zweideutig in den Augen des Jünglings, der ihr stets fremd geblieben war, wenn er vorübergehend am Hofe geweilt. Wohl hatte er es nie an schuldiger Achtung seines Oheims, des alten Königs, fehlen lassen, aber dem Blick der Königin konnte es nicht entgehen, dass der junge Mensch nicht im entferntesten ahnte, was für ein Erbe er übernehmen würde, sondern in dem Thron nichts als einen willkommenen großen Glücksfall für seine Person erblickte.

Die Königin bewohnte nun das Jagdschloss, von niemand als einigen ihr vertrauten Frauen umgeben. Im Stillen sprach sie viel mit ihrem toten Gatten, und oft war ihr, als ob sie Worte, die er ihr zu seinen Lebzeiten gesagt, jetzt erst in ihrem tieferen Sinn verstehe.

Bisweilen fühlte sie sich versucht, ihrem Leben freiwillig ein Ende zu machen, um sich mit dem Verstorbenen noch enger zu vereinen, aber er warnte sie streng vor diesem voreiligen Schritt. Jetzt sei es ihm nicht schwer, noch um sie zu sein. Lege sie aber selbst Hand an ihr Leben und verändere sie damit ihren Stand im Weltall, dann werde sie zuerst auf lange Zeit an einen dunklen Ort entgleiten, der ihm nicht zugänglich sei, und den sie von selbst nicht würde verlassen können.

Bisweilen ließ sie sich tief in den Wald fahren bis zu einer Lichtung, von wo sie auf einem versteckten Pfad das Waldkloster erreichte. Während sie anfangs angekommen war, um ihr eigenes Herz zu erleichtern, hatten sich schon im Frühjahr die Rollen getauscht. Die Einsiedler drangen gar zu eifrig in sie, um zu hören, was ihr der König mitteilte, und wenn sie sich etwas zurückhielt, weil sehr vieles für sie allein bestimmt war, dann gewahrte sie in den Gesichtern dieser reifen Männer Züge von Entmutigung und Enttäuschung, wie bei Kindern, denen man aus Gründen, die sie nicht verstehen, oft einen Wunsch versagen muss. Auch schien es, als ob in dem Kloster nicht mehr der Friede herrsche, den der König dort immer gefunden hatte. Bald wurden ihr sogar Streitfälle zur Entscheidung vorgelegt, bei denen es sich fast immer um die Auslegung von Worten und Taten des Verstorbenen handelte. Als die Triebfeder dieser Fragen war oft Eifersucht zu erkennen, denn jeder wollte den König am besten verstanden haben und seines besonderen Vertrauens gewürdigt worden sein. Nun übertrugen sie diese Eifersucht gar auf sie, und sie musste dauernd auf ihrer Hut sein, nicht dem einen ein Wort zu viel, dem anderen eines zu wenig zu sagen.

Fremde Gäste blieben mehr und mehr und schließlich ganz aus. Immer wieder hofften die Brüder, der Verstorbene würde ihnen eines Tages durch die Königin eine Botschaft zukommen lassen, was sie tun sollten, aber der König wich sogar den nächtlichen Fragen seiner Gattin über das Waldkloster geflissentlich aus, er schien die einstigen Genossen ganz vergessen zu haben. Diese fasste schier die Verzweiflung. Sie waren nun alle über die Mitte der dreißiger Jahre hinaus, hatten ihre Jugend zwar in eifriger Arbeit und tiefen Gedanken, aber doch in Weltabgeschiedenheit verbracht.

Nun verließ sie der Geist, der sie ohne Gewalt, ja ohne äußere Verpflichtung zusammengehalten hatte, und sie unterschieden sich in nichts von den gleichaltrigen Männern, die ohne Weisheit in der Welt leben und der Schwelle der vierziger Jahre oft ihr Leben eines Tages sinnlos finden.

Zu solcher Einsicht gelangten sie selbst. Da kam der Königin ein Gedanke, und sie sprach:

„Wenn sich Menschen draußen in der Welt die Füße wund gelaufen hatten, dann kamen sie gerne zu euch und fanden hier neue Gedanken, die ihnen neue Wege zeigten. Wie wäre es, wenn ihr Weltfernen hinaus ginget und neue Erfahrungen suchtet? Eines Tages kämet ihr gewandelt zurück, und dann vermöchtet ihr vielleicht selbst einen neuen Geist des Friedens zu erzeugen ohne die Hilfe eines, der über euch stand und euch nun verlassen hat."

Die Brüder sahen sich betroffen und nachdenklich an; nachdem die Königin hinzugefügt hatte, sie brauchten ja nicht alle gleichzeitig aufzubrechen, es sei sogar wünschenswert, dass immer ein Teil das Kloster hütete, da waren alle Zwölfe für den Vorschlag gewonnen. Als man dann freilich an die Beratung ging, welche von ihnen zuerst in die Welt hinausziehen sollten, da zeigte sich, dass alle gehofft hatten, die andern würden sich melden. Für sich selbst fand jeder eine andere Ausflucht. Schließlich stellte die Meinung eines sonst besonders Schweigsamen wieder eine Einigkeit her, wie sie lange nicht unter den Brüdern geherrscht hatte. Hatte man nicht auch hier in der Einsamkeit von Vorüberkommenden erfahren, dass im Lande große Unzufriedenheit mit dem jungen König herrsche? Während der unvergessliche Ruhm ihres heimgegangenen Herrn gewesen sei, dass niemand den Druck der Macht spürte, obgleich sie doch im Stillen waltete, habe der junge Herr sich mit neuen, unerfahrenen Männern umgeben, die, vielleicht in der guten Absicht, das Gute zu fördern, es gerade durch ein Übermaß von Einmischungen hemmten. Solange derartige Zustände herrschten, sei der Augenblick gewiss nicht gut gewählt, dass weise Männer, die gewohnt waren, den tiefsten Dingen nachzusinnen, hervorträten.

Tief bekümmert über den Verfall dieser Runde, die ihr Gatte so sehr geliebt, kehrte die Königin heim. Immer geringer ward ihr Bedürfnis, das Kloster zu besuchen. Dennoch erfasste sie an einem Spätsommertag die Sehnsucht nach der ehrwürdigen Stätte. Ohne Mühe fand sie bei der Lichtung den ihr wohlbekannten Pfad, aber als sie etwa eine halbe Stunde gegangen war, sah sie nicht wie sonst die Mauern des Klosters hell zwischen den Ästen schimmern, vielmehr schien hinter den Bäumen sich eine andere Lichtung aufzutun. Zu ihren Füßen breitete sich ein klares Wasser aus, in dem es von Fischen wimmelte, so dass der alte König, lebte er noch, seine helle Freude gehabt hätte. Das erschien ihr wunderbar genug, denn es konnte kein Zweifel sein, dass sie sich an dem Ort befand, wo noch vor wenigen Wochen das Kloster mit den grämlichen Brüdern gestanden war. Sie erkannte deutlich die Reihe breitstämmiger Tannen am andern Ufer, die früher den Bau gegen die Nordwinde geschützt hatten.

Während ihre Blicke am Ufer des Teiches entlang schweiften, sah sie plötzlich einen Fischotter daherkommen. Er blieb vor ihr stehen und sprach:

„Sei gegrüßt, mein liebes Weib, nun hast du wieder zu mir gefunden, um mit mir von neuem die Herrschaft über unser uraltes Reich zu teilen. Schau hinunter in die Flut. Der Hofstaat steht schon bereit, uns zu empfangen."

Die Königin beugte sich über das Wasser. Sie sah darin das Spiegelbild zweier Fischottern, das ihres Gatten und das ihre. Um zwei leere Thronsessel hatte sich ein Hofstaat von Männern und Frauen mit Fischköpfen aufgestellt.

Die Königin wusste erst nicht, wie ihr geschah, nun aber fühlte sie sich leicht und froh, und sie glitt mit ihrem Gatten hinunter in die kühle Flut.

Die Hofdamen, die in der Kutsche gewartet hatten, beunruhigten sich sehr, als die Dunkelheit hereinbrach und die Königin nicht in die Lichtung zurückkehrte. Den verborgenen Pfad selbst zu betreten, waren sie zu furchtsam. Der Kutscher, ein treuer, handfester Mann, machte einen Versuch, aber er fand nichts als undurchdringliches Dickicht. Auch den Soldaten der Schlosswache, die nachts mit Windlichtern den Wald durchsuchten, ging es nicht besser. Niemand fand den Pfad.

Am andern Morgen wurde die Nachricht vom Verschwinden der Königin vor den jungen König gebracht. Der sonst mit jugendlicher Keckheit die Dinge allzu leicht nahm, erschrak darüber so sehr, dass es Misstrauischen hätte scheinen können, er sei an dem Ereignis nicht ganz unschuldig. Eines Morgens erklärte der junge Herr, der bis jetzt seine Aufgabe darin gesehen hatte, alles anders zu machen als sein Vorgänger, er habe beschlossen, die Gewohnheit des verstorbenen Königs aufzunehmen, sich bisweilen ein wenig in das Waldkloster zurückzuziehen. Seine Minister, lustige, junge Leute, Freunde seiner Thronfolgerzeit, nahmen sich heraus zu lächeln, als der König ihnen seinen Entschluss mitteilte. Er übertrug daher für die Zeit seiner Abwesenheit die Leitung der Geschäfte lieber dreien von den zwölf Freunden seines Vorgängers, die er in entfernte Ämter versetzt hatte. Sie vernahmen seinen Entschluss mit sichtlicher Genugtuung, und voll Vertrauen überließ ihnen der König die Regierung.

Er hüllte sich, wie sein Oheim zu tun pflegte, in ein Pilgergewand, ließ sich genau den Weg zu der Lichtung beschreiben und zog allein fürbass. Gegen Mittag fand er die Lichtung und auch der Pfad blieb ihm, dem König, nicht verborgen. Kaum indessen hatte er sich etwa hundert Schritte in das Dickicht gewagt, als ihn ein plötzliches Knarren der Äste erschreckte. Vor ihm stand ein Tier, in dem er einen Fischotter erkannte. Er fürchtete sich sehr, denn wenn ihm auch nichts von seines Oheims geheimen Erlebnissen bekannt war, so wusste er doch, dass dieser mit einem Ring zu siegeln pflegte, in dessen Stein die Umrisse eines Otters gegraben waren, dass das Kloster, das er aufzusuchen im Begriff stand, „Zum Fischotter" hieß, und dass nach einer Sage in diesem Teil des Landes der Fischotter in alten abergläubischen Zeiten als ein heiliges Tier verehrt worden war, das zugleich Furcht einflößte und Segen spendete.

Der Fischotter aber sprach zu dem jungen König: „Mir, o König, wärest du in meinem Reiche willkommen und desgleichen der Königin, wenn du eine Zeit lang an unserem Hof zu leben gewillt wärest. Ich fürchte nur, dass es dir dort wenig behagen wird."

Niemand hätte bisher dem jungen Manne Feigheit vorwerfen können, der gerade im Begriffe stand, sich durch einen Krieg den Ruhm eines kühnen Eroberers zu erwerben; bei dieser seltsamen Einladung aber graute ihm dermaßen, dass er sich umkehrte und schleunige Flucht ergriff. Ihm war, als höre er hinter sich ein Gelächter.

Schwankend fand er die Lichtung wieder und er begab sich, voll Scham über seine Feigheit, auf den Heimweg. Gegen Abend brach ein Gewitter los, so dass die Föhren krachten. Er begehrte für die Nacht Einlass in einer Holzfällerhütte, wo er sicher war, dass keiner in dem verstörten Pilger den jungen König vermutete, der noch nie in diese Gegend gekommen war. Am folgenden Tag kehrte er in das Schloss zurück. Auch dort erkannte man ihn nicht gleich, denn in den letzten 24 Stunden war sein schwarzes Haar ergraut, sein früher hochfahrend üppiges Wesen mürrisch und einsilbig geworden.

Über seine Begegnung gab er niemand Auskunft, behielt aber die drei Männer, denen er die Regierung anvertraut hatte, weiter in seinem Dienst. Mit großer Unruhe hatten sie erfahren, dass der König den von ihm gewünschten Feldzug so geschickt vorbereitet hatte, dass der Nachbarkönig von selbst den Krieg erklären musste. Daran war nun nichts mehr zu ändern. So zog der König selbst an der Spitze seines Heeres hinaus und scheute keine persönliche Gefahr, aber seine Eroberlust war erloschen. Mit knapper Not gelang es, die Grenzen des Landes zu halten. Nach einer unentschiedenen Schlacht bewegte sich das Heer sogar ein wenig hinter die Grenze zurück. Da auch der Nachbarkönig nur unwillig ins Feld gezogen war, gelang es den Ministern, einen Frieden ohne Gebietsabtretung zu schließen.

Als ihm die drei Minister eines Abends diese gute Nachricht in sein Zelt brachten, dankte ihnen der König und sagte:

„Ich sehe, dass ihr meine wahren Freunde seid."

„Wir sind vor allem die Freunde des verstorbenen Königs", erwiderte der Älteste, „und in seinem Dienst fühlen wir uns noch heute. Darum könnt auch ihr immer auf uns rechnen, solange ihr nicht etwas gebietet, was gegen den Sinn eures Oheims geht."

Der König verzog unwillig das Gesicht. Dann aber sagte er: „Erzählt mir von meinem Oheim, ich weiß zu wenig von ihm."

Der zweite Minister sprach: „Er war ein Mensch, der die lichten Höhen und die dunklen Tiefen des Lebens gleichermaßen kannte."

„Aber genügt das, um ein Land zu regieren?" fragte der König.

„Es genügt freilich nicht", erwiderte der dritte Minister, „aber daraus ergibt sich alles weitere Wissen und Können von selbst. Einem solchen Manne bieten sich im rechten Augenblick von selber die rechten Ratgeber an, und wenn er sie zu nutzen versteht, fügt sich alles zum Guten."

„Ich weiß", sagte der König, „an welchem Ort mein Oheim seine große Weisheit schöpfte. Was ich aber auf dem Weg zu dem Waldkloster erblickte und vernahm, hat mir tiefstes Grauen erweckt."

„Das war nur ein vorläufiger Schritt", versetzte der Erste.

„Ein Schritt wohin?" fragte der König.

„Dahin, wo ihr heute steht", erwiderte der Zweite.

„Ein Schritt ins Unglück und beinahe in den Untergang", meinte der König.

„Dieses Unglück ist euer Heil", sagte der Dritte.

Die frühere Vielgeschäftigkeit des Königs erlahmte, und anfangs glaubte er, damit schon in die Weisheit seines Oheims eingelenkt zu sein, dessen Macht unmerklich gewirkt hatte. Die Wirkung aber war diesmal eine ganz andere. Die Unzufriedenheit im Lande wuchs immer mehr. Von überall kamen Klagen, dass die Beamten sich immer noch anmaßend in alles mischten, obendrein aber träge seien, wenn es etwas Wichtiges zu tun galt. Eingaben blieben unerledigt, Prozesse wurden verschleppt, Handel und Wandel stockten, immer spärlicher flossen Abgaben und Gefälle in den Staatsschatz.

Der König wurde immer tiefsinniger. Als seit dem Verschwinden der Königin etwa ein halbes Jahr vergangen war, fuhr eines Morgens vor dem Schloss eine prächtige Kalesche vor. Heraus trat die tot geglaubte Königin, die an den erstaunten Dienern vorüber die große Treppe hinaufstieg und verlangte, sofort den König zu sehen.

Dieser meinte anfangs, seinen Sinnen nicht trauen zu dürfen. Er hatte in seinem Misstrauen anfänglich von der alten Frau nur lästige Einmischungen fürchten zu müssen geglaubt und war froh gewesen, dass sie gleich ihren Witwensitz fern vom Hofe aufgeschlagen hatte. Jetzt aber fühlte er seit langem wieder etwas wie Freude und in sein Herz fiel ein Hoffnungsstrahl. Er begrüßte sie mit einer ihm sonst nicht eigenen Herzlichkeit, sagte ihr, wie man sie vermisst, gesucht und kaum mehr auf ihre Rückkehr zu hoffen gewagt habe. Die Königin schien über solche Befürchtungen etwas verwundert zu sein, habe sie doch aus ihrem Reiseziel kein Hehl gemacht.

„Kein Mensch", sagte der König, „war imstande, das Waldkloster zu finden."

„Das kann freilich keiner", erwiderte die Königin, „außer dir, dem König."

„Auch ich habe es versucht", stammelte der König voll Scham, „aber ..."

„... aber du erschrakest bei der ersten überraschenden Begegnung. Feigheit ist nicht die Art der Könige."

„Ich bin es in meinem Leben nicht gewesen", erklärte der junge Herrscher, „aber seit jener Begegnung bin ich es geworden. Ich bin noch nicht dreißig Jahre, aber schon ein alter Mann."

„Es ist noch nicht zu spät für dich", erwiderte die Königin, „dem einen begegnet es früh, dem andern spät. Dein Oheim war schon ein reifer, erfahrener Mann, als er es sah, und das machte ihm den Weg leichter. Du hast dafür deine Jugend. Darum irrst du leichter, aber Fehler und Versäumnisse werden dir eher verziehen, und du hast Zeit, nach einem Fehlschlag immer wieder neu zu beginnen."

Nach dieser Unterredung bezog die alte Königin wieder das Jagdschloss.

Der König hatte eine Geliebte, die schöne Brolante. Ihr Verdienst war es gewesen, dass sie ihn auch in Stunden des Missmutes zum Lachen zu bringen vermochte, aber seit einiger Zeit versagte ihre Kunst, und er ließ sich gefallen, dass sie ihn auslachte. Einige Tage nach dem Besuch der alten Königin gab der König in den Gemächern Brolantes ein Festmahl. Es war der Vorabend ihres Geburtstages. Der König sprach dem Weine beträchtlich zu, und es schien, sein alter, etwas hochfahrender Übermut kehre wieder. Sie brachte ihn durch ihre Einfälle wieder zum Lachen wie einst. Da rief er plötzlich:

„Morgen, Brolante, will ich dir aber einmal einen rechten Grund zum Lachen geben, das wird ein herrlicher Spaß werden. Nur Mut gehört dazu."

„Den habe ich", schrie die kecke Brolante, und schlug auf dem Teppich ein Rad mit Armen und Beinen. Am andern Morgen war zur Feier des Tages eine Jagd angesagt worden. Seit Menschengedenken wurde bei den königlichen Lustbarkeiten die geheimnisreiche Gegend um das Waldkloster vermieden. Der junge Herrscher aber befahl mit knappen Worten, die jeden Widerspruch abschnitten, die Jagd solle sich dieses Mal nach der Gegend der Lichtung bewegen. Auf seinen Befehl verteilten sich die Jäger in den Wald. Er aber nahm Brolanten am Arm, fand sofort den Pfad wieder, auf dem er im vergangenen Sommer dem Fischotter begegnet war, und sprach zu ihr:

„Jetzt will ich sehen, du mein Lieblingsfischlein, ob du wirklich mutig bist." Dabei zitterte er bis ins Herz, denn in Wahrheit wollte er erproben, ob er selber mutig sei, und er wusste, dass nichts die Feigheit eines Mannes sicher besiegt, als die Gegenwart einer geliebten Frau.

Brolante kicherte und trällerte vor sich hin. Da war wirklich nichts zu sehen, was sie hätte ängstlich machen können. Die Sonnenstrahlen sickerten durch das junge Laub, und die Vögel begrüßten den Frühling. Das Paar durchschritt das Gehölz, ohne dass ihnen etwas begegnete. Nach etwa einer halben Stunde lichteten sich die Bäume, und plötzlich standen sie vor dem Teich, an dessen gegenüberliegendem Ufer sich die Tannenwand erstreckte. Während der junge König aufmerksam Umschau hielt, brach Brolante plötzlich in ein laut krähendes Gelächter aus. Etwas unwillig fragte sie ihr Freund nach der Ursache, aber sie konnte vor Lachen keine Worte finden. Schließlich deutete sie mit ihren rosigen Fingern auf den Wasserspiegel und sagte:

„Das, Geliebter, ist freilich der größte Spaß, den ich je erlebt habe. Nie habe ich etwas so Lächerliches gesehen."

Der König blickte in die Tiefe des Wassers hinab. Er aber fand das, was er dort sah, nicht zum Lachen sondern so grausig, dass ihm das Haar zu Berge stand. Er gewahrte unter dem Wasser einen bläulichen Saal, in dem auf einem Thronsessel der Fischotter saß; neben ihm stand ein anderer Thron leer. Um ihn her wimmelte ein Hofstaat von silbern gekleideten Männern und Frauen mit Fischköpfen.

Am schrecklichsten aber schien ihm das grelle, kaum mehr menschlich anmutende Lachen Brolantes, das hohl klang wie der Ton einer gesprungenen Glocke. Plötzlich verließ ihn das Bewusstsein. Nachdem er eine Zeit lang ohnmächtig am Boden gelegen, kam er wieder zu sich. Er wagte zunächst nicht, die Blicke auf das Wasser zu richten. Als er Brolantens Namen rief, erhielt er keine Antwort. Plötzlich kam ihm der Gedanke, sie könne in das Wasser gestürzt sein. Nun nahm er sich ein Herz und blickte doch in die Flut. Das Wasser war kristallklar, so dass er die Algen auf dem Grund gewahren konnte, der Spuk war verschwunden, aber auch von Brolante war nichts zu sehen.

So konnte sie nur zurückgeeilt sein, um für ihn in seiner Ohnmacht Hilfe herbeizuholen. Er schlug daher selbst den Weg zur Lichtung ein, wo er wieder mit der Jagd zusammentraf, aber auch dort hatte niemand etwas von Brolante gesehen. Er sagte, dass er und sie, von der Frühlingsschwüle erschlafft, sich auf dem Moos gelagert hätten. Er sei ein wenig eingeschlummert, und als er erwachte, habe er Brolante nicht mehr gefunden. Wie nach dem Verschwinden der Königin wurde auch jetzt der ganze Wald durchsucht, aber keiner der Rückkehrenden hatte auch nur den Teich gesehen, und als sich Brolantens Geliebter anschickte, selbst im Dickicht mit einigen Männern den Teich aufzusuchen, da vermochte auch er den Pfad nicht mehr zu finden.

Er war von diesem Erlebnis derart erschüttert, dass er kaum sprach, noch Nahrung zu sich nahm. In einer schlaflosen Nacht wurde er sich darüber klar, dass hier höchstens ein lebender Mensch weiterhelfen könnte, seine Muhme, die alte Königin. Am folgenden Tag suchte er sie auf dem Jagdschloss heim. Er fand sie damit beschäftigt, im Garten ihre Fische zu füttern, die sie, wie ihr verstorbener Gatte, in einem großen Becken hielt. Sie empfing den jungen König freudig wie eine Mutter ihren heimkehrenden Sohn, bewirtete ihn, und als er ihr seinen Verlust geklagt hatte, sagte sie ernst:

„Nun stehst du vor der Wahl, entweder in die ewige Nacht des Wahnsinns zu fallen oder aber ein drittes Mal deinen Mut zusammenzunehmen und den Gang in das Geheimnis zu wagen, aber dieses Mal wieder allein."

Den König hatte sein früherer Stolz so vollkommen verlassen, dass er stammelte:

„Wenn ihr, gütige Mutter, doch mit mir gehen könntet ..."

„Das darf ich nicht", erwiderte die Königin, „dorthin geht jeder allein, wie du es ja auch zuerst versuchtest, aber ich werde dir nicht ferne sein."

Darauf riet ihm die Königin, sich zur Ruhe zu begeben, um sich zu stärken für seinen dritten Auszug, der am folgenden Morgen stattfinden sollte.

Wiederum schritt der König im Pilgergewand dem Walde zu, und ohne Schwierigkeit fand er den Pfad. Der Teich lag dieses Mal in praller Mittagsglut, die Luft, in der sich Libellen wiegten, schien darüber zu brodeln. Während der König am Ufer stand, war ihm, als ob vom andern Ende des Teiches ein Fahrzeug nahte, in dem ein nackter Mensch saß. Schon unterschied er den ihm zugekehrten marmorhellen Busen einer Frau, und plötzlich jauchzte er laut auf, als er Brolantes Züge und ihr langes blondes Haar erkannte. Jubelnd rief er ihren Namen, aber sie blieb ruhig, und auch ihr Antlitz war wie aus Stein. Trotzdem kam sie immer näher, und nun gewahrte er zu seinem Schrecken, dass sie nicht in einem Boot saß, sondern dass ihr im Wasser schwimmender Leib in einem breiten, nach oben gerichteten, schuppigen Fischschwanz endete.

Er vermochte kein Wort zu sprechen. Brolante schwamm bis ans Ufer und blickte ihn lange schweigend und ernst an, sie, die früher keinen Augenblick ohne Lachen und Schwatzen zu sein vermochte.

Schließlich sammelte er sich so weit, dass er sie anreden konnte:

„Wie kommst du hierher, Brolante, und was tust du hier?"

„Dieser Teich ist meine Wohnung", erwiderte sie ruhig.

„Brolante", rief er voll Schmerz, „gedenkst du noch unserer Liebe?"

„Ich weiß nicht, wovon du sprichst."

„Kennst du mich denn noch?"

„Du bist der König."

„Wir haben uns doch im Frühling noch geliebt."

„Ich habe eine Zeit lang in deinem schönen Hause gewohnt."

„Und weiter nichts?"

„Was denn sonst noch, o König?"

„Brolante, du hast deine Seele verloren!"

„Das kann leicht sein, denn ich habe vieles, was mir hier nicht taugen würde, auf der Erde zurücklassen müssen."

„Darf ich zu dir ins Wasser kommen, Brolante?"

„Den Menschen ist das Wasser nicht verboten."

„Darf ich dich wieder lieben?"

„Ich weiß nicht, König, von was du sprichst."

Als der König in die Flut schaute, um sich hineinzustürzen, da gewahrte er wiederum den Thron des Fischotters mit seinem fischköpfigen Hofstaat, aber dieses Mal war auch der zweite Thronsessel von einem Otter besetzt. Der König erschrak fast so sehr wie das vorige Mal, aber er blieb Herr seiner Sinne. So sah er, wie Brolante mit dem Oberkörper in die Flut tauchte und durch das klare Wasser in die Tiefe schwamm. Einen Augenblick zögerte er, aber da ergriff ihn plötzlich eine ganz unbekannte Macht, er fühlte einen unwiderstehlichen Mut, sprang in das Wasser und ließ sich sinken.

Sofort fühlte er, wie Brolantes Arme ihn auffingen. Dann schwamm er mit den Füßen und dem rechten Arm, während sie ihn an der linken Hand hielt. Vor dem königlichen Otternpaar berührten beide Schwimmer den Grund des Teiches.

„Sei mir hier unten gegrüßt, mein lieber Neffe und Nachfolger auf meinem irdischen Thron", sprach der eine Otter.

„Willkommen auch mir", fügte seine Gemahlin hinzu, „habe ich dir nicht gestern versprochen, dass ich dir nahe sein würde, wenn du nur Mut haben wolltest?"

„Schlafe ein wenig", sagte Brolante zu ihrem Freund, der keines Wortes fähig war, „du wirst müde sein von deiner Reise."

Dann schwamm sie wieder mit ihm davon. In dem Felsen unter dem Ufer befand sich eine Kammer mit einem Ruhebett.

Schon im Halbschlummer befindlich, legte sich der König willenlos nieder und versank in tiefen Schlaf. Vor der Öffnung der Felsenkammer aber schwamm nun Brolante hin und her, und in den Traum des Schlummernden klang ihr Lied, das sie immer wiederholte:

„Dort schläft, der sagt, er hätte mich geliebt,
Doch ich vergaß, vergaß, was Liebe ist.
Ob er mir die Erinnerung wiedergibt?
Was hab ich nur von Mond zu Mond vermisst?

Ich war einmal nicht die, die heut ich bin,
Ich wohnte einst in einem festen Haus,
Es war einmal ein tiefer, tiefer Sinn,
Ich aber lachte nur tagein, tagaus.

Da kam ein Tag, ich lachte nimmermehr,
Nun folg ich einem schweigenden Gebot,
Ich frage nicht, denn meine Brust ist leer,
Ich weiß nicht: leb ich oder bin ich tot?"

Plötzlich ertönte die Stimme des jungen Königs aus der Kammer. Brolante schwamm an sein Lager.

„Brolante", sagte er, „könnte ich dich aus diesem Zustand erlösen, mir ist, als würde ich alles noch einmal und besser beginnen."

„Ich folge einem schweigenden Gebot", erwiderte sie.

Das alte Königspaar schien sich über die Anwesenheit des Neffen zu freuen, er aber war unglücklich wegen Brolante. Sie entzog sich zwar seinem Gespräch nie, aber ihre Antworten erschienen ihm bald leer, bald rätselhaft.

Eines Morgens erbat er sich bei seinem Oheim ein geheimes Gespräch. „Ich muss dir undankbar erscheinen, Oheim", begann er, „du hast mich hier gastlich aufgenommen, nachdem mir das Leben auf der Erde unerträglich geworden war. Du gönnst mir Brolantens Umgang, so oft mich danach verlangt, und dennoch bin ich unaussprechlich elend. Ich bin nicht gekommen, um dich zu bitten, mir die Rückkehr zu gestatten, denn es gelüstet mich nicht nach meinem Thron und meinem Reich, nur meinen Jammer wollte ich dir anvertrauen, denn vielleicht weißt du einen Rat. Der Ruf deiner Weisheit auf Erden ist noch heute groß."

„Keiner kann dem andern raten", versetzte der König ernst, „vielleicht aber kann ich dir zeigen, was ist, denn deine Augen sind noch verschleiert. Eine für deine jungen Jahre zu große Last, mein Neffe, wurde auf deine Schultern gelegt. Blind bist du in einen Krieg getaumelt, blind genossest du die Früchte der Liebe, blind hast du dann nach Rat und Klugheit gesucht. So bist du in die Enge zwischen Leben und Tod geraten."

„So seid ihr hier alle zwischen Leben und Tod?" fragte der junge König erstaunt.

„So ist es", lautete die Antwort, „nur haben wir alle, außer Brolante und dir, unser Erdenleben gelebt und vollendet. Darum genießen wir die nachdenkliche Ruhe nach den vielen Plagen unseres Erdentages und bereiten uns vor auf die Zukunft. Du aber bist mit deinen halbgedachten Gedanken und deinen ungelebten Wünschen noch auf der Erde. Du musst es sein, weil dein Leben noch lange nicht erfüllt ist, und darum bist du so elend."

„Und Brolante?" fragte der junge König, „hingen doch auch ihre Wünsche noch am Erdenleben, dann wüsste ich, was ich mir von dir erbitten sollte. Ich wollte mit ihr droben das Leben sehenderen Auges neu beginnen. Aber Brolante hat ihre Seele verloren, sie fühlt keine Wünsche mehr."

„Brolante", sagte der König, „ist nur gebannt. Vielleicht kannst du den Bann lösen, vielleicht auch nicht."

Nach diesen wenig tröstlichen Worten begab sich der unglückliche Verbannte wieder zu Brolante. Sie schwamm wie immer voll Gleichmut in der kühlen Flut umher, in die gerade ein wenig Sonnenlicht von oben herabfiel.

„Brolante", beschwor sie ihr Freund, „du hast unser Schicksal in der Hand. Wenn du nur wolltest, wir könnten zur Erde zurückkehren und viel glücklicher sein als früher. Wie kann ich deine Starrheit lösen?"

„Bin ich starr?" fragte sie.

„Der König sagt, du seist gebannt."

„Ich weiß nicht, wovon du sprichst."

„Brolante, entsinnst du dich denn nicht, dass du früher ganz anders warst. Du kannst nicht mehr lachen und weinen."

„Nennt das der König gebannt?"

Verzweifelt ging der junge König zu seinem Oheim zurück und berichtete ihm dieses Gespräch.

„Für eine Stunde vermag ich den Bann von Brolante zu nehmen. Versuche, was du vermagst, in dieser Stunde wird sich alles entscheiden."

Während er voll Hoffnung zu ihr zurückkehrte, hörte er schon von weitem ihr altes, silberhelles Lachen, das ihn immer so sehr entzückt hatte. Er schlang voll Leidenschaft die Arme um sie und küsste ihren Mund. Sie ließ es sich wie früher gern gefallen, deutete aber sofort voll Spott auf einige der fischköpfigen Wesen in der Nähe.

„Brolante", drängte der König, „wir haben nur eine knappe Stunde Zeit, dann wird der Bann wieder auf dich gelegt, es sei denn, wir nutzen die Stunde und entscheiden unser Schicksal."

Brolante aber hörte ihm nicht zu. Sie wollte ihren Freund zu allerlei tollen Spielen im Wasser veranlassen und besonders dazu, durch kecke Streiche das fischköpfige Volk zum besten zu halten. Ihm aber war es nicht ums Scherzen zu tun. Heftig umschlang er sie und beschwor sie, mit ihm schnell an die Oberfläche des Teiches zu schwimmen und die Erde zu erreichen, bei deren Berührung sie gewiss wieder menschliche Gestalt annehmen würde. Sie aber sagte:

„Später, Lieber, später, jetzt sehe ich erst, wie lustig es doch hier unten ist. Was brauchen wir mehr? Ich erinnere mich auch jetzt wieder, dass ich dort oben schon oft sehr unglücklich war und mich viel über dich ärgern musste."

Da geriet der junge König in heftigen Zorn und rief:

„Du Törin, willst du denn ewig ein halber Mensch mit einem Fischschwanz bleiben?"

In diesem Augenblick erblasste Brolante. Wieder war sie kalt wie ein Marmorbild und auf ihren Zügen lag der Ausdruck leeren Friedens.

Ihr Freund aber trat nun entschlossen vor die Stufen des Thrones und sprach:

„Mein Oheim, jetzt habe ich geschaut, was ist, meine Augen sind nicht länger verschleiert. Nun bitte ich dich, mir die Erlaubnis zu geben, in mein Reich zurückzukehren. Ich will es regieren so gut ich vermag."

Der alte König sprach: „Deine Bitte ist dir gewährt."

Gegen Mittag erwachte der junge König aus einem tiefen Schlaf. Er fand sich auf einem Mooslager gegenüber dem Waldkloster ausgestreckt. Lebhafte Stimmen drangen zu ihm heraus. Als er einen an ihm vorübereilenden dienenden Bruder nach dem Grunde des Lärms fragte, erfuhr er, dass heute Bruder Anselm mit zwei Genossen von einer langen Pilgerfahrt zurückgekehrt sei und der Empfang von den Zurückgebliebenen bei einem Gastmahl gefeiert werden solle. So fröhlich sei es seit den Zeiten des alten Königs hier nie zugegangen.

Der König trat in die Halle und bat in aller Bescheidenheit um Herberge. Er sei ein Mensch, der Dunkles erfahren und vernommen habe, dass hier Männern in seiner Lage von erkenntnisreichen Brüdern gerne Obdach geboten würde. Die Mönche blickten sich erstaunt an und nach altem Brauche gewährten sie sofort die Bitte des Ankömmlings.

„Es war immer unser Brauch", sagte Anselm, „denen, die wir hier aufnehmen, Vertrauen zu schenken, und so möge auch unser Gast ruhig hören, was ich euch zu sagen habe, scheint er doch selbst ein erfahrener und vom Leben geprüfter Mann zu sein. Wir Zwölfe sind die Erben einer tiefen Weisheit, und das, hatten wir geglaubt, sei genug, um unser Leben damit auszufüllen. Wir sind dadurch hochmütig geworden, aber als der König starb, erkannten wir, wie nichtig unser Leben war ohne ihn. Schließlich hielt es mich und meine beiden Weggenossen nicht mehr hier, und wir gingen hinaus in die Welt ohne vorgenommenen Weg und ohne Ziel, so wie einst der alte König in ähnlicher Lage getan hat. So fühlten wir uns ihm treu, während wir diese Stätte der Erinnerung an ihn verließen. Ich sage euch, Freunde, wir haben vieles gesehen, nicht viel Gutes und Schönes, aber sehr Lehrreiches. Es ist große Unordnung in den Seelen der Menschen. Es scheint, dass mit dem Tod des alten Königs alle Einsicht von ihnen genommen wurde. Gerade darum aber haben wir Zwölfe, die wir das Erbe des Toten verwalten, heute besseres zu tun, als es hier in der Abgeschiedenheit zu verbergen. Es ist nun an der Zeit, dass wir alle hinaus unter die Menschen gehen und uns verabreden, um einmal im Jahr hier zusammenzutreffen, um unsere Gemeinschaft immer wieder in dem Geiste zu erneuern, um dessen willen wir uns einst hierher zurückgezogen haben. Nur wenn wir andern zum Heile zu sein vermögen, kann auch uns das Heil wiederkehren, das uns seit des Königs Tod verlassen hat."

Nachdem Anselm so gesprochen, gingen die Ansichten her und hin. Wie einst bei dem letzten Besuch der Königin schienen wohl wieder einige bereit, eine neue Richtung ihres Lebens zu suchen, aber keiner wusste wie. Vergeblich suchten Anselm und seine beiden Weggenossen zu erklären, des Menschen Richtung sei allein in ihm selbst zu finden und trete erst hervor, nachdem der Entschluss zum Aufbruch einmal ernstlich gefasst sei; es stellte sich heraus, dass nur Anselm und seine zwei Genossen den Geist des Verstorbenen wirklich in sich wiederbelebt hatten, dass die anderen kleingläubig waren, wie alle Jünger, ehe sie das Wunder gesehen haben.

Da erhob sich der Fremde und sprach: „Liebe Gastfreunde, euch kann geholfen werden. Ich bin der beste Freund des jungen Königs, ich bin gewiss, dass er für Männer eurer Art, die ihm mit Einsicht dienen wollen, Ämter frei hat."

Nun aber musste er recht üble Reden über den jungen König hören. Er sei ein unwissender Tor, doppelt sträflich, weil es gerade für ihn doch leicht gewesen wäre, von ihnen, wenn er nur gewollt, sofort in die tiefste Weisheit eingeweiht zu werden. Er aber habe geglaubt, mit seinem Vogelverstand alles besser zu wissen, in Saus und Braus gelebt, einen törichten Krieg angezettelt, und, als es ihm dann doch aufdämmerte, wo allein er sich Rats erholen könne, da wäre er voll Feigheit umgekehrt, ehe er das Kloster erreichte. Nun sei er obendrein verschollen, und man sage, um eine Närrin zu suchen, die ihn Jahre lang, wie er es verdiente, zum Besten gehalten habe. Wahrlich, von einem solchem König sei nichts zu erhoffen.

Diese Reden wurden durcheinander hervorgestoßen, und so endete das fröhlich begonnene Mahl in der alten Missstimmung.

Am nächsten Morgen bat der König Anselm und seine zwei Freunde um eine Unterredung. Während sie in der Halle auf und ab wandelten, sprach er zu ihnen: „Die gestrigen Worte über den König haben mich tief betrübt, denn ich stehe ihm sehr nahe. Ich glaube aber, dass man ihm doch nicht ganz gerecht geworden ist. Die gegen ihn erhobenen Vorwürfe sind leider allzu wahr, aber mit Ausnahme des letzten. Der König steht im Begriff zurückzukehren, voll neuer Erfahrung, so wie ihr drei auf eurer Pilgerfahrt neues erfahren habt. Darum frage ich euch: wollt ihr drei Gewandelten es versuchen, in den Dienst des gewandelten Königs zu treten?"

Er trat hinaus ins Freie, um ihre Beratung nicht zu stören. Bald indessen folgten sie ihm, und Anselm sprach: „Es ist das zweite Mal, Herr, dass wir einem Unbekannten an den Hof des Königs folgen sollen. Das erste Mal hatten wir es nicht zu bereuen, und darum wollen wir heute dieselbe Richtung einschlagen. Eure Rede erweckt uns dasselbe Vertrauen wie die unseres damaligen Führers, der sich Magister Valentin nannte."

„Ich bin des Magisters Neffe", sagte der König.

Die drei blickten sich betroffen an, der König fuhr fort: „Ich breche nun gleich auf, folgt ihr mir von heute ab am dritten Tag."

Er nahm mit ihnen noch ein kurzes Frühmahl ein, dann machte er sich auf den Weg.

Auf den Rat der drei Minister, denen der König bei seinem Aufbruch die Geschäfte überlassen hatte, war während seiner Abwesenheit die alte Königin wieder in das Schloss gezogen, um die Männer im Geist ihres verstorbenen Gatten zu beraten. Der heimkehrende König war sehr zufrieden, sie im Schloss zu finden, und schlug ihr vor zu bleiben. Sie aber antwortete:

„Nein, lieber Neffe, es ist nicht an dem. Meine Aufgabe ist nicht mehr in dieser Welt. Ich will mich wieder in das Jagdschloss zurückziehen und mich dort deiner Besuche erfreuen. Du aber musst dir nun ein Weib nehmen aus einer der edlen Familien des Landes oder der Nachbarländer. So erwartet es das Volk und so ist es gut für dich, denn kein Mann ist den Stürmen eines verantwortungsvollen Lebens ganz gewachsen, an dessen Seite nicht ein liebendes Weib steht, das in die Tiefe seines den andern verschlossenen Herzens hinabzublicken vermag."

Als am dritten Tag Anselm und seine beiden Genossen in dem Schlosse ankamen, wurden sie in den Thronsaal geführt. Sie wunderten sich nicht, dass derselbe auf dem Thron saß, der sie hierher geladen hatte. Er ernannte sie zu seinen Räten und legte bald für kurze Zeit die Regierung in ihre Hände, denn er fuhr auf Brautschau, von der er eine fremde Prinzessin heimführte.

Das Volk bereitete dem Paare große Huldigungen. Das freundliche Lächeln der jungen Königin ließ schnell alles vergessen, was früher an ihrem Gatten zu tadeln gewesen war. Das Land blühte auf, und man erinnerte sich dabei oft des früheren Königs und seines Ruhmes, die Macht ausgeübt zu haben, ohne dass man sie spürte. Dieses Geheimnis schien nun auf den jungen König übergegangen zu sein.

Die Königin gebar ihrem Gatten mehrere Mädchen. Einmal, in einer mondhellen Nacht, während sie wiederum ihre Stunde erwartete, geschah es, dass der König auf kurze Zeit ihr Lager verließ und in dem schneeglitzernden Garten lustwandelte. Er ging längs des Beckens, in dem einst der frühere König seine geliebten Fische gehalten hatte. Da erblickte der Lustwandler etwas, das über das Wasser zu ihm herschwamm. Plötzlich erschrak er und blieb wie versteinert stehen. Es war Brolante, genau so, wie er sie vor Jahren in dem Waldteich gesehen hatte, mit einem marmorgleichen Leib, der in einen Fischschwanz endigte.

„Fürchte dich nicht vor mir, mein Freund", redete sie ihn an. „Auch ich bin jetzt da, wo mir wohl ist, und ich will niemandem übel. Mich schickt in dieser Nacht, wo dir der Thronfolger geboren wird, der alte König zu dir mit einer Botschaft. Die Jahre ungetrübten Glückes sind nun für eine Weile vorüber. Du wirst Schweres zu bestehen haben und du wirst es bestehen, wenn du dessen, was du erlebt hast, nicht vergisst. Zum Zeichen dafür sollst du, sobald der Frühling kommt, dieses Becken wieder mit Fischen füllen, wie dein Oheim getan, und sie nie ausgehen lassen."

Der König hatte sich noch nicht von seinem Staunen erholt, als Anselm aus dem Schlosse eilte und ihm die Nachricht brachte, dass ihm ein Sohn geboren sei.

Brolantes Erlösung.
Ein Nachspiel

In einer schlaflosen Nacht sagte der König zu seinem neben ihm ruhenden Weibe: „Viel Unheil ist über uns hereingebrochen. Niederlagen, Kargheit des Lebens, Seuchen, Sterben geliebter Kinder, und nun ist geschehen, was im gleichen Alter meinem Oheim geschah: die Fische haben unsere Gärten verlassen, und die Fischer des Landes berichten, dass auch sie nichts mehr fangen. So will ich denn tun, wie einst mein Oheim tat, und mich aufmachen zu einsamer Pilgerfahrt. Vielleicht, dass auch mir etwas Heilvolles begegnet ...“

„Warum, mein geliebter Mann, willst du mich verlassen?“ versetzte die Königin voll Zagheit. „Ist unser Leben nicht wieder gesegnet? Hast du nicht das Land durch alle Übel mit sicherer Hand hindurch gesteuert, und dankt es dir das Volk nicht durch seine Liebe? Die Jahre gehen wieder freundlich dahin, ich kann nicht sein ohne dich, unser ältester Sohn, der dein Nachfolger werden wird, braucht den Vater. Es wäre Vermessenheit, das wiedergekehrte Glück aus eigener Willkür zu stören.“

„Es ist nicht Willkür“, sagte der König traurig, „es ist ein Gebot.“

An einem der nächsten Tage, nachdem er seinem Kanzler Anselm die Regierung übergeben hatte, verließ der König im Pilgergewand das Schloss und begab sich in die Stadt, die einst genannt wurde: „Der Mantel der Sünde“. Dort hatte sich manches verändert seit dem Aufenthalt des früheren Königs. Die Macht der alten Geschlechter war gebrochen, im Rat saßen Vertreter aller Stände, das Gesindel aus aller Welt hatte sich verlaufen; es schien, als sei es von der Erde eingeschlungen worden, seitdem überall mehr Zufriedenheit herrschte.

Der König fand Quartier bei einem alten Gärtner, der einst in seinem Auftrag die Anlagen um das Schloss neu gestaltet hatte. Er kannte ihn als einen vom Leben viel herumgeschlagenen, getreuen Mann, dem das Alter Ruhe und Weisheit schenkte. So begab er sich zu ihm, um unter seinem Schutz eine Zeit lang unerkannt leben zu können.

Während er einige Tage lang die Stadt in allen Richtungen durchwandelt hatte, konnte es nicht ausbleiben, dass er an den Teich vor dem Tor kam, wo sein Oheim einst dem Fischotter begegnet war. Es gefiel ihm, hier lustwandelnd die Dämmerung abzuwarten, als er plötzlich zwischen dem raschelnden Schilf eine klagende Stimme vernahm, die sang:

„Meine Seele, die verloren,
Ist aus langem Schlaf erwacht.
Mit den Blinden, mit den Toren
Hat sie ihre Zeit verlacht.
Nun sie wieder neu geboren
Dürstet sie in leerer Nacht."

Das Herz des Königs erbebte beim Hören dieser Stimme, und während sein Auge in dem dichten Uferschilf suchte, sah er von dort ein Wesen auf sich zuschwimmen, wie einst auf dem Teich an der Stelle des Waldklosters und ein zweites Mal in dem Becken hinter dem Schloss in jener Nacht, als ihm sein Sohn geboren wurde.

„Brolante", rief er, und die Tränen liefen ihm über die Wangen. „Brolante, kennst du mich noch?"

„Ich erkenne dich", flüsterte sie, „du warst mein Geliebter."

Brolante war dicht zu ihm an das Ufer geschwommen.

„Willst du mich erlösen aus dieser Flut und von dieser Gestalt?" fragte sie. „Dann will ich den Fischen befehlen, dass sie wieder in dein Reich zurückkehren."

„Wie sollte ich dich erlösen können?" forschte der König, „ich bin nicht mehr der Jüngling, der dich einst mit auf die Erde zurücknehmen wollte, als du dir in seinen Armen die Seele aus dem Leibe lachtest. Die Last eines Reiches ruht auf meinen Schultern, an meiner Seite lebt ein Weib, das mir die Last tragen hilft. Um mich wachsen Kinder auf, von denen eines, vielleicht früher, als wir denken, mein Nachfolger sein wird. Wie sollte ich da für Brolante noch mehr übrig haben, als eine wehmütige Erinnerung?"

„Du sprichst wahr", sagte sie, „ich darf dein Leben nicht stören, aber sage mir nur, wie ich den Durst meiner Seele stillen soll?"

„Nachdem du sie dir aus dem Leibe gelacht hattest", antwortete der König, „warst du glücklich ohne sie an deinem Ort. So sagtest du wenigstens, als du mir das letzte Mal begegnetest."

„Ich war nicht glücklich", versetzte Brolante, „ich hatte nur vergessen, was Glück ist. Aber mit meiner Seele ist mir auch die Erinnerung an das Glück wieder erwacht, und weil ja das Vergangene nie mehr wiederkehren kann, verzehrt sich meine Seele nach anderer Speise. Ich kann nicht leben, ich kann nicht sterben, bis meine Seele gesättigt ist."

„Wie soll ich dir helfen?" fragte der König, der über ihr Unglück sein eigenes Schicksal einen Augenblick vergaß.

„Indem du dir selbst hilfst", erwiderte sie.

Inzwischen war die Dunkelheit über dem Gewässer hereingebrochen. Brolante schwamm nach dem Schilf zurück und in der Ferne hörte der König wieder ihr Klagelied durch die feuchte Luft des Abends tönen.

Fahles Mondlicht sickerte in die dunstige Nacht, als der König den Weg heimwärts suchte. „Indem ich mir selber helfe", sann er, „helfe ich ihr, und wer weiß vielleicht noch vielen andern. Aber wie soll ich es beginnen?"

Gegen Morgen aber sah er sich im Traum deutlich auf dem Grunde eines Wassers. Fische von allen möglichen Formen umwirbelten ihn, zartglänzende liebliche und schauerlich grinsende Raubfische. Nach den einen suchte er vergeblich zu greifen, gegen die andern wehrte er sich mit größter Mühe. Nirgends sah er einen Weg, aus diesem Wirrsal herauszukommen. Da ging plötzlich ein mächtiges Rauschen durch die Flut, die Fische stoben auseinander, und als sich das trübe Wasser wieder geklärt hatte, sah er Brolante vor sich. Wie einst, als er in den Teich zu ihr hinabgestiegen war, nahm sie ihn bei der Hand, und er schwamm neben ihr her. Plötzlich befanden sie sich in einem leeren blauen Saal. Sie hielten stille vor einem Thronsessel, auf dem niemand saß.

„Besteige deinen unterirdischen Thron, o König", gebot sie, „versammle deine Untertanen um dich, und erteile ihnen deine Befehle".

Der König, des Herrschens gewohnt, ging die Stufen des Thrones hinauf und setzte sich in den Sessel.

„Hier sitze ich einsam", sagte er, „warum ist mein Hof nicht um mich versammelt?"

Als hätte sie nur auf diese Frage gewartet, öffnete Brolante eine breite Flügeltür gegenüber dem Thron, und herein strömte der fischköpfige Hofstaat, an der Spitze ein Mann, der ganz das Gebaren des Kanzlers Anselm hatte.

„Lange Zeit, o König", begann er, „haben wir hier täglich unsere Aufwartung machen wollen. Nacht um Nacht verging, aber der König ist niemals erschienen. Schon glaubten wir, er würde nicht eher kommen, als bis ihn in der Oberwelt der Tod ereilte, und dann hätte er uns nicht mehr erlösen können, denn das vermag nur ein Lebendiger, der sich aus freien Stücken zu uns herabzusteigen getraut, nicht freilich aus jugendlichem Fürwitz, sondern mit dem Wissen um das, was er tut. Immer hat uns Brolante getröstet. „Er kommt, er kommt", sagte sie uns jede Nacht, „einmal muss er kommen, ehe es zu spät ist". Und wir haben geharrt und geharrt, und jetzt endlich bist du da, noch droben ein Lebender, der unsere Erlösung in seinem Pilgermantel trägt."

Der König war stumm vor Staunen über die hohe Sendung, die man ihm hier unten auferlegte. Ratlos blickte er auf Brolante.

„Es ist, wie sie sagen", versetzte sie, „du wusstest noch nicht, wer du bist und welche Aufgabe du zu erfüllen hast. Indem du dich selbst erkennst, erlösest du dich und mich und sie alle. In der Oberwelt aber wird es dir dann an nichts mehr fehlen bis zu deinem Tod."

Als der König in der Morgenfrühe aus diesem Traum erwachte, da war ihm, als ob seine Kammer voll sei von einem unirdischen Licht. Nachdem er dem alten Gärtner den Morgengruß geboten, sagte dieser: „Erlaubt mir, Herr, dass ich euch einen Rat gebe. Ihr habt gesagt, dass ihr hier unerkannt bleiben wollt. Schon haben mich die Nachbarn gefragt, wer der seltsame Fremde sei, den ich beherberge. Ich antwortete immer: ein Pilger auf dem Weg nach einer heiligen Stätte, der erkrankt ist und hier ein wenig Erholung sucht, ehe er seinen Stab weiter setzen kann. Diese Erklärung aber wird der Neugier nicht mehr lange genügen. Ihr tätet daher gut, nicht vor der Abenddämmerung auszugehen und auch dann immer die Kapuze eures Mantels ins Gesicht zu ziehen, denn auf euren Augen liegt ein Glanz, der sonst manchen zwingen würde, sich nach euch umzudrehen."

Der König folgte dem Rat und hielt sich tagsüber in den Blumengärten seines Wirtes auf, tief in seine Gedanken versunken. Am Abend begab er sich verhüllten Hauptes wieder zu dem Teich. Brolante erwartete ihn.

„Ich begrüße den König der Ober- und Unterwelt", rief sie ihm entgegen. „Dein Hof erwartet dich im blauen Saal."

Der König schrak nicht davor zurück, mit ihr in das Wasser zu tauchen und sich zu dem Throne zu begeben. Zu seinem namenlosen Erstaunen sah er heute daneben einen zweiten Thronsessel aufgestellt, und auf ihm saß seine Gattin, die er daheim im Schlosse, seiner Rückkehr harrend, gewähnt hatte.

Sie lächelte ihm zu auf eine Weise, die er nicht an ihr kannte, und sprach:

„Du wunderst dich, mein Gatte, dein Weib hier in der Unterwelt zu finden. Auch ich hätte nicht erwartet, je an einen so fremden Ort zu gelangen. Der Alltag schien mir für immer meine Grenzen abzustecken, und ich strebte nicht darüber hinaus, nun aber weiß ich: wo du bist, da muss ich auch sein."

Der Hofstaat schien sehr zufrieden, nun auch eine Königin zu haben, und in dieser Nacht wurde ein großes rauschendes Fest gefeiert. In der Morgenfrühe, als der König erwachte, befand er sich auf einer Bank, am Rande des Teiches sitzend. Es stieg ein heißer Sommertag herauf. Als sich der König heimbegab, begannen sich die Straßen der Stadt gerade zu beleben. Da erinnerte er sich der Mahnung des alten Gärtners, die Kapuze über das Gesicht zu ziehen, aber schon war es zu spät. Eine alte Frau hatte ihn erkannt und rief mit greller Stimme:

„Ich wünsche dem König einen guten Morgen."

„Wer bist du?" fragte der König betroffen.

„Erschrick nicht", erwiderte sie keck, „dass ich dich erkenne, bedeutet nicht, dass dich auch andere erkennen werden. Mir darfst du es aber schon zugute halten."

„Wer bist du?" fragte der König von neuem, und sein Herz bebte, berührt von einer fernen, fernen Erinnerung.

„Kennst du denn nicht mehr deine Brolante?" erwiderte sie, und ein höhnisches Lächeln öffnete den zahnlosen Mund, als weide sie sich an seiner Enttäuschung.

„Du Brolante ... ?" stammelte er.

„Ja, ich Brolante", echote die Alte.

„Wie kommst du hierher, wie ist dein Leben?" fragte der König erschüttert.

„Mein Leben", höhnte sie weiter, „war das Leben der Frauen, die sich in der Jugend die Seele aus dem Leibe gelacht haben. ... He, he, he."

„Leidest du Not?"

„O nein, Dummheit war ja nie mein Fehler. Ich habe meine Jugend teuer verkauft und von dem Preis genug zurückbehalten, um bis ans Ende meiner Tage keine Not leiden zu müssen, he, he, he." Wieder öffnete sich der zahnlose Mund. „Ich lebe in einem Häuschen vor der Stadt mit Katzen und Hunden. Die Nachbarn achten mich als eine ehrbare Witwe, aber wenn du mir etwas dazu schenken willst, dann lasse ich mir mein Bett mit neuen Federn füllen und kaufe mir zu des Königs Geburtstag einen schwarzen seidenen Mantel, wie ihn die feinen Geschlechterfrauen tragen. He, he, he."

„Du sollst dein Geschenk haben", erwiderte der König, fragte sie nach ihrem jetzigen Namen sowie der Lage ihres Häuschens und eilte erleichtert nach Hause.

Dort warf er sich wie betäubt auf sein Lager und verfiel in einen tiefen Schlaf. Im Traum sah er sich am Ufer des unendlichen Meeres stehen. In der Abendsonne, deren Schein heiß von den roten Felsen zurückgeworfen wurde, schwamm die andere Brolante mit dem Fischleib auf ihn zu und begrüßte ihn mit heiterem Gesicht.

„Wie glücklich bin ich, o König. Ich habe deine Gattin durch allerlei verborgene Gewässer von dem Teich in den Garten eures Schlosses zurückgebracht. Die Fische sind uns gefolgt und bevölkern wieder deine Bäche und Flüsse. Nun bin ich auf nur mir bekannten Strömen gleich hierher geeilt, um dir zu danken, dass du mich erlöst hast."

„Ich habe dich erlöst? Wie ist mir das gelungen?"

„Hast du mich nicht geschieden von dem Bilde jener Brolante aus Fleisch und Blut, mit der ich eins sein mochte, als sie noch jung war. Ich bin nicht von Fleisch und Blut, dafür aber auch nicht dem Altern unterworfen, solange du mich nicht an Fleisch und Blut bindest. Nicht bin ich mehr in das Leben der engen Teiche gebannt. Nun kann ich immer um dich sein und in jeglicher Gestalt und dich schließlich bis zur Schwelle des Todes geleiten. Kehre heute noch heim zu deinem Weibe, das dich voll Sehnsucht erwartet, und vergiss ja nicht, der zahnlosen Alten das versprochene Geschenk für ihr neues Federbett und ihren seidenen Mantel zu senden. Es ist wichtig, dass sie auf ihre Art zufrieden ist."

Als der König erwachte, kündigte er dem alten Gärtner an, dass er sogleich in sein Schloss zurückkehren wolle.

„Ihr hättet auch bei mir nicht mehr verborgen bleiben können" erwiderte der Alte, „denn schon sind Kranke hier gewesen, die verlangten, dass ihr ihnen die Hände auflegt, da schon euer Anblick sie gesünder gemacht habe."

Der König kam zur Nachtzeit in das Schloss zurück. Die Königin lag in tiefem Schlaf und ihre Mienen waren heiter. Ohne sie zu wecken, legte er sich neben ihr nieder, und in seinem Traum saß er wieder an ihrer Seite auf dem Thronsessel in dem blauen Saal.

Wege nach Atlantis

Einführung

Die folgende Erzählung — ist es überhaupt eine Erzählung? — fällt so sehr aus dem gewohnten Rahmen, dass es mir geraten scheint, etwas über ihre Entstehungsweise mitzuteilen. Wollte man mich freilich über meine künstlerischen Absichten befragen, so geriete ich in Verlegenheit, denn ich bin mir keinerlei Absicht bewusst, vielmehr ist es so zugegangen: Im vergangenen Winter kam mir eines Tages der nicht gerade bedeutsame Satz in den Kopf: „In der Tiefe einer Großstadt lebte ein Mensch namens Hannickel." Da dieser Satz sich einige Tage hindurch gleich einer mich verfolgenden Melodie wiederholte, wurde ich aufmerksam, und „mich gelüstete, ein Wort mit diesem Geist zu reden", nämlich mit Hannickel. Hier muss ich vorausschicken, dass ich durch die C. G. Jungsche Psychologie schon vor Jahren darauf gekommen bin, Meldungen des Unbewussten, falls sie einigermaßen eindringlich sind, Beachtung zu schenken. Bisher hatte ich das nur als Privatangelegenheit betrieben. Etwa zweimal im Jahr sah ich eine jeweils andere Phantasiegestalt. Dann pflegte ich abends, außerhalb meiner gewohnten Arbeitsstunden, wenn ich nichts mehr zu tun vorhatte als schlafen zu gehen, mich noch eine Viertelstunde vor ein Stück wießes Papier zu setzen und aufzuzeichnen, was mir die Gestalt eingeben mochte. Ich wurde dann meist einen etwas abenteuerlichen Weg geführt durch märchenhafte Situationen, in denen mehr oder weniger mythisch anmutende Figuren zu mir sprachen, mir Aufgaben stellten, Warnungen zuteil werden ließen, gelegentlich auch eine Art Spruchweisheit zum besten gaben. Dies setzte sich bisweilen jeden Abend durch zwei bis drei Wochen fort. Meditierte ich das Niedergeschriebene, so ließ es sich unschwer deuten als eine symbolische Darstellung meiner derzeitigen seelischen Lage, in einer Vermischung bewusster und unbewusster Elemente. Diese letzten wurden dadurch an die Schwelle des Bewusstseins gezogen, und vieles in der Regel sinnlos Bleibende erhielt einen Sinn. Ich empfand den ganzen Vorgang als außerordentlich lebenfördernd. Indessen ist dabei nie etwas herausgekommen, was für andere als mich eine Bedeutung haben könnte, es sei denn aus psychologischem Interesse für das Verfahren selber. Aus diesem Grund habe ich mich nicht gescheut, die erste Bilderserie, die ich so erlebte, am Schluss meiner Autobiographie, in dem Band „Ergo sum" mitzuteilen. Inzwischen habe ich mehrere Personen, die als Schüler zu mir kamen, zu demselben Verfahren ermutigt, und immer mit dem Erfolg, dass sie einen festen inneren Gegenpol fanden zu dem meist etwas schwankenden Pol ihres äußeren Lebens. Die Kenntnis des Verfahrens verdanke ich, wie gesagt, meinem verehrten Lehrer, Dr. C. G. Jung, Zürich-Küßnacht.

Mit jenem Hannickel, der in der Tiefe einer Großstadt wohnte, sollte es mir nun anders ergehen. Zunächst möchte ich eindringlich betonen, dass für diesen Burschen weder Dr. Jung noch sein System verantwortlich zu machen ist, sondern einzig und allein mein Unbewusstes. Ich schrieb eines Nachts den mir durch den Kopf gehenden Satz nieder und sofort flossen mir weitere Sätze in die Feder, die mir beim Schreiben mehr oder weniger sinnlos vorkamen; manche Einzelheiten pressten mir indessen Lachtränen ab. Ich war nicht sicher, ob nicht eine Dementia praecox (Schizophrenie) im Anzug sei, deren Wesen, wie ich wusste, darin besteht, dass sich in der Psyche gewissermaßen das Unterste zu oberst kehrt, d. h. dass das bisher Unbewusste bewusst wird, während das Bewusste ins Unbewusste versinkt. Nun, dachte ich, und wenn es so ist, so kann ich es auch nicht ändern, jedenfalls muss ich hindurchgehen. Nachdem ich vier Folioseiten vollgeschrieben hatte, war ich so müde, dass ich zu Bett gehen musste. Mein Schlaf ließ nichts zu wünschen übrig, ebenso wenig der folgende Tag, an dem ich wie immer meiner gewohnten Arbeit und Erholung oblag. So ging es nun noch drei Nächte und Tage. Im ganzen schrieb ich jeden Abend etwa vier Seiten. Am dritten Abend kam ich einem versteckten Sinn auf die Spur. Offenbar handelte es sich um das Problem der Auferstehung, das aber insofern höchst skurril behandelt wurde, als jeder die Art von Auferstehung erlebte, die seinem derzeitigen Zustand entsprach.

Nun begann eine bewusste Ausarbeitung, die darin bestand, ohne etwas an der Vision zu ändern, jenen durchschimmernden Sinn doch wenigstens so weit zu klären, dass auch andere ihn verstehen könnten. Den Anfang des so bearbeiteten Manuskriptes gab ich meiner Sekretärin zwischen allerlei Zeitungsartikeln zum Vervielfältigen, ohne ihr ein Wort darüber zu sagen. Meine Absicht war, das Erzeugnis einigen psychoanalytisch interessierten Personen zur Deutung vorzulegen. Der Gedanke an Veröffentlichung lag mir noch fern. Am folgenden Tage erschien meine Sekretärin flackernden Blickes und etwas aufgeregt. Sie hatte die Nacht schlecht geschlafen vor Unruhe, wie die Geschichte weiterginge. Sie konnte es nicht abwarten, die Fortsetzung zu lesen. „Haben Sie denn etwas davon verstanden?" fragte ich. „Das nicht", erwiderte die übrigens sehr belesene Dame, „aber ich finde es trotzdem so spannend und so komisch, dass ich vor Neugier an nichts anderes denken kann." Sehr ähnlich ging es mir nun mit etwa einem halben Dutzend anderer literarisch erfahrener Personen. Niemand hatte eigentlich etwas verstanden, aber jeder verschlang das Werk mit Ungeduld. In jenen Tagen nun fragte eine mir gut bekannte Vereinigung, in der ich schon mehrfach gesprochen hatte, bei mir an, ob ich dieses Jahr in ihrem Rahmen wieder einen Vortrag halten wolle. Ich schlug vor, bei dieser Gelegenheit mein Produkt einmal einem weiteren, wenn auch nicht großen Kreis vorzulegen. Es kam zu der Vorlesung, und die daran geknüpfte Diskussion erwies wenigstens das Eine, dass meine Arbeit nicht nur mich persönlich anging, sondern lebhaften allgemeinen Widerhall erweckte, obwohl auch hier vielleicht die meisten mehr bewegt und aufgerüttelt waren, als dass sie alles verstanden hätten.

Was aber ist daraus zu schließen? Sachliches Verstehen, so wenig man es unterschätzen soll, ist nicht die einzige Art unserer Psyche, etwas aufzunehmen. Setzt die Empfänglichkeit für Natur etwa zoologische, botanische oder biologische Kenntnisse voraus? Müssen wir mit dem Lieben warten, bis uns die Psychologie belehrt hat, was Liebe ist? Nach der Jungschen Lehre ist das persönliche Unbewusste des Menschen, das Freud zuerst erforscht hat, in ein viel tieferes kollektives Unbewusstes eingetaucht und gehört zu ihm, so wie unsere bewusste Person ein Teil der äußeren Kollektivität ist.

Wie draußen, haben wir auch drinnen Begegnungen, die, wenn auch nicht konkret wirklich, wie etwa die Theosophen meinen, doch psychologisch nicht minder wirksam sind als unsere äußeren Begegnungen. So wie nun die äußere Kollektivität an dem Rache nimmt, der sie zu wenig beachtet, weshalb alle Lebenskunst darauf beruht, sich innerhalb der Kollektivität selber zu wahren, ohne sie allzu sehr zu vernachlässigen, so gibt es auch eine Kunst, „mit Hexen umzugehen", oder Teufeln, Dämonen, guten und bösen Geistern oder Fabeltieren. Meldet sich dergleichen bei uns, so sind wir in derselben Gefahr, wie gegenüber den Menschen der Außenwelt. Diese können uns verschlingen, dann sind sie zufrieden, wir aber nicht, oder wir missachten sie hochmütig, dann verschwören sie sich gegen uns und wir werden vom Leben isoliert. Ebenso geht es mit den innern Bildern, vulgo „Geistern". Wir müssen sie anerkennen, aber wir dürfen ihnen nicht erliegen. Darauf beruht der lebenfördernde Wert solcher Aufzeichnungen. Sie befreien uns von den Geistern des Unbewussten, die wollen, dass wir sie beachten und ihnen ihren Platz geben. Es ist aber alte Magierregel, dass der Dämon ungefährlich wird, ja sogar dient, wenn man ihn bei seinem Namen nennt. Dass nun die Hannickelgeschichte auf alle, die sie lasen oder hörten, so zündend wirkte, ohne dass der Anspruch erhoben wurde, sie ganz verstanden zu haben, lässt sich nur dadurch erklären, dass hier Vorgänge des kollektiven Unbewussten so weit ins Helle oder wenigstens in die Dämmerung gerückt wurden, dass darin allgemeine, viele uns angehende und von manchen schon geahnte un- oder vorbewusste Zeitprobleme berührt worden sind. So sei denn, ohne dichterischen Anspruch meinerseits die Veröffentlichung gewagt.

In der Tiefe einer Großstadt, Brutgasse Nr. 11, lebte ein Mann namens Hannickel. Er sah ganz gewöhnlich aus, nicht groß, nicht klein, nicht jung, nicht alt, nicht gut, nicht schlecht gekleidet. Man hatte sich daher wenig um ihn gekümmert, als er eines grauen Morgens mit einem Handwagen angekommen war, auf dem er einige bescheidene Hausgeräte fuhr, dazu einen alten Koffer und zwei vernagelte Kisten. Er bezog ein unfreundliches Gewölbe, in dem vorher ein Flickschuster seine Hantierungen getrieben, benutzte es aber offenbar nur als Wohnung. Als er am folgenden Morgen den Rolladen öffnete, war das schmale Schaufenster etwas über Manneshöhe von innen mit Zeitungspapier verklebt, so dass niemand in das Gewölbe schauen konnte, das indessen durch den oberen Teil der Scheibe etwas Licht erhielt. Häufig ging der Mann auf viele Stunden fort, kam auch bisweilen erst gegen Morgengrauen heim.

Während seiner Abwesenheit blieben der Rolladen und die hölzerne Eingangstür sorgfältig geschlossen.

Gleich in den ersten Tagen war es geschehen, dass er in der Frühe mit einem Holzkübel auf die Gasse trat, um Wasser in den Rinnstein zu gießen. Dabei verfuhr er etwas ungeschickt, so dass ein Teil des Wassers den schmalen Bürgersteig vor dem Nachbargewölbe benetzte. Dieses gehörte der Antiquitätenhändlerin Ambrosia Kräppel, die oft stundenlang, breit und fett, auf einem Stuhl bei ihrer teils auf die Gasse gerückten Auslage saß und in majestätischer Haltung auf die wenigen, aber sicheren Kunden wartete. Sie hatte bessere Tage gesehen und träumte ihnen nach.

Als ihr das Wasser aus Herrn Hannickels Kübel fast über die Schuhe lief, rief sie unhold, er möge sich gefälligst mehr in Acht nehmen, die Gasse gehöre nicht ihm allein. Der Angeredete blickte verwundert auf und sagte, weder höflich, noch unhöflich, weder verlegen, noch anmaßend:

„Sie haben recht, ich war ungeschickt, bitte um Entschuldigung, werde künftighin vorsichtiger sein."

Ambrosia, deren Gesicht auch in ruhiger Gemütslage wie ein Paradiesapfel glühte, unterbrach gern ihre im allgemeinen weichen Stimmungen durch Explosionen. So war sie auch jetzt auf einen heftigen, vielversprechenden Streit vorbereitet, hatte sie doch die innere Sicherheit der unschuldig Angegriffenen. Nun aber war jede Möglichkeit dazu abgeschnitten. Dabei lag in dem Ton ihres Nachbarn nicht einmal etwas von der ihr nur zu gut bekannten, beleidigenden Wohlerzogenheit der feinen Leute, die gar nicht zu bemerken scheint, dass man früher einmal beinahe zu ihnen gehört hätte, wenn nicht ein Verlöbnis niederträchtiger Weise gelöst worden wäre. Nein, die Antwort des Herrn Hannickel hatte nichts von dieser Perfidie, die man einstecken muss, und die sagt: Eher entschuldige ich mich vor dir und behalte unrecht, als dass ich ein unnötiges Wort mit dir wechsle. Trotzdem wäre ihr auch das noch lieber gewesen, denn die Antwort ihres Nachbars ließ nicht einmal die Möglichkeit, das in ihr aufs gezogene Gewitter durch unverständliches Gemurmel langsam vergrollen zu lassen. Sie dachte daher nur: „Sonderbarer Mensch, ganz geheimnisvoll."

Kam Herr Hannickel künftig an ihrem Laden vorbei, fühlte sie sich indessen zu einem Gespräch bereit, ohne aber auch nur durch ein Lächeln dazu zu ermutigen. Er ging ruhig vorüber und lüftete die Mütze, nicht höflich, nicht unhöflich. Schließlich fasste sie ihr Urteil in die Worte zusammen: „So etwas gibt es nicht zum zweiten Mal auf dieser Welt."

Niemand, wie gesagt, in der krummen, aus lauter ähnlichen Gewölben bestehenden Brutgasse kümmerte sich um Hannickel.

Eines Tages nun, als Ambrosia vom Inneren ihres Ladens zufällig auf die Tür blickte, schrie sie vor Entsetzen auf. Draußen stand, das Gesicht an das Glas gepresst, so dass die Nase platt gedrückt war, ein untersetztes einäugiges Individuum, dem rotes Haar in die Stirn fiel. Der Bart war eckig wie bei einem Matrosen geschnitten, über den wulstigen Lippen schlecht rasiert, so dass man Stoppeln sah. Das tote Auge zeigte nur eine blutrünstige ausgetrocknete Höhle, das andere war wie aus graugrünem Glas, starr und ausdruckslos. Er trug eine dunkelblaue Arbeitsbluse mit schwarzem abgetragenem Ledergürtel. Ambrosia wich bis in den Hintergrund des Ladens zurück und dachte: Ein Mörder! Der Einäugige riss nun die Tür auf und schrie: „Wohnt hier der Golo, ich suche den Golo." Als er die Frau im Hintergrund des Ladens gewahrte, ging er ganz dicht auf sie zu und wiederholte die Frage.

„Nein, nein", wimmerte sie.

„Kennen Sie ihn nicht? Hier muss er wohnen, Brutgasse 11, im Gewölbe."

Jetzt schrie Ambrosia um Hilfe.

„Was schreien Sie denn? Habe ich Ihnen vielleicht etwas getan?" Dabei hob er, offenbar um zu begütigen, eine Hand hoch, und zu ihrem Entsetzen bemerkte Ambrosia, dass sie statt eines Daumens ein ganz unaussprechliches Glied hatte.

In diesem Augenblick erschien Hannickel in der Tür und rief: „Was machen Sie denn hier, Herr Professor, ich wohne nebenan, Nr. 11 A." Er zog den Fremden am Ärmel hinaus, drehte sich noch einmal nach Ambrosia um und zuckte die Achseln, als wolle er sie verstehen lassen, dass es auch solche Käuze geben müsse. Er ging nun mit dem Herr Professor angeredeten Einäugigen in sein Gewölbe, verschloss sorgfältig Rolläden und Tür und ließ ihn erst tief in der Nacht wieder heraus. Als dieser kurz vor Morgengrauen an dem Laden Ambrosias vorbeikam, die der ausgestandene Schrecken die ganze Nacht nicht schlafen ließ, blieb er stehen und sang mit tiefer Wehmut das Lied: „Letzte Rose, du blühst so einsam."

Am folgenden Morgen hatte nun Ambrosia einen Grund, ohne ihrer Würde etwas zu vergeben, mit ihrem Nachbarn ein Gespräch anzufangen.

„Ein schöner Schrecken war das gestern, Herr Golo", begann sie, als dieser mit großer Vorsicht seinen Kübel in den Rinnstein goss.

„Bitte nennen Sie mich, falls Sie mich überhaupt nennen, Hannickel. Golo, das war einmal."

„Gern", erwiderte Ambrosia, durch diesen Hinweis sehr interessiert. „Ich sagte, ein schöner Schrecken gestern ..."

„Nun ja", meinte Hannickel, „wir sind alle unvollkommen. Er ist etwas ungeschlacht, aber er hat ein sehr weiches Gemüt, halt ein Professor."

„So?" fragte Ambrosia immer neugieriger werdend, „so sieht er doch gar nicht aus, ich kenne Professoren."

„Ja ja, darum wird er auch oft verwechselt. Als Kind war er ein Wechselbalg, aber er spricht ungern davon."

Nachdem er diese Auskünfte nicht gerade eifrig, aber auch nicht widerwillig gegeben hatte, ging Hannickel in sein Gewölbe zurück.

Die Abendpost brachte Ambrosien einen Brief. Das sehr gediegene, amtsmäßige Briefpapier trug eine gedruckte Aufschrift:

Königliche Akademie der unschönen Künste

für Abdecker, Kaffiller, Kalfakter, Schinder, Wasen- und

Feldmeister, Leichenfledderer, Schnapphähne,

Kammerjäger, Bukkaniere, Scharfrichter, Ab- und

Zutreiber, Feuerfresser, Buschklepper, Stänker und

Ehrabschneider.

Links oben stand:

Spezialabteilung

für

Bauch- und Schönredner.

Der geschriebene Text lautete:

„Hochverehrte! Ich habe mich an Ihnen versündigt. Ich will es wieder gut machen. Sie sind ein schönes Weib! Golo hat mir erzählt, was Sie nachts für süße Träume haben. Er ist Kenner auf diesem Gebiet. Ich biete Ihnen daher meine Hand an. Ich habe eine feste Jahreseinnahme von 20 000 Mark, teils in Glas, teils in Aluminium. Die obseitige Akademie zahlt sie vierteljährlich aus. Daneben verdiene ich noch jährlich 11 Mark und 77 Pfennige durch Mundharmonikaspiel und abendliches Pfeifen in den Wirtshäusern. Singen tu ich nur als Privatmann. Dafür nehme ich kein Geld. Da sehen Sie meinen idealen Charakter. Auch besitze ich aus erster Ehe zwei Mumien, die ich Ihnen in Kommission geben kann. Wenn Sie nur eine davon verkaufen, ist es genug, dass wir damit um die Welt reisen können. Wie gefällt Ihnen das? Antwort hole ich mir selbst, wenn Sie mich am wenigsten erwarten.

Heiße Küsse Ihr treuer

Jobst Gottseibeiuns Kümmelmann.

Nachschrift: Nennen Sie mich Jobst."

Ambrosia war sprachlos. Wie schwer hat es in so entscheidenden Lagen eine alleinstehende Frau, deren Mann vor vielen Jahren in einen Kanal gefallen, deren Sohn in Amerika verschollen, deren Eidam ein Trinker ist und die tief bekümmerte Schwiegermutter nicht in die Wohnung lässt. Wieder hatte sie eine schlaflose Nacht, indessen musste sie sich gestehen, dass sie zu ihrem Nachbarn Hannickel inzwischen ein großes Vertrauen gefasst hatte, und sie beschloss, ihn am nächsten Morgen wieder anzureden. Als er mit seinem Kübel herauskam, sagte sie:

„Sehen Sie nur einmal, Herr Hannickel, was mir da Ihr Professor für einen Brief geschrieben hat." Dieser überflog das Papier und sagte:

„Was wundert Sie daran, Sie sind doch eine begehrenswerte Frau!"

„Aber was ist denn an alldem wahr?" fragte sie. „Alles", erwiderte er, „Sie können ihm vertrauen, mir sind seine heimlichsten Träume längst bekannt."

Damit verschwand er wieder in seinem Gewölbe. Ambrosia verbrachte einen sehr unruhigen Tag und war so zerstreut, dass sie kaum ihre paar Kunden bedienen konnte. Als sie sich dann die dritte Nacht schlaflos im Bett wälzte, das in einem an der Rückwand des Ladens befindlichen Alkoven stand, hörte sie plötzlich ein starkes Klopfen an der Mauer. Was mochte das sein? Sie hatte sich nie den Kopf darüber zerbrochen, was sich wohl jenseits der Mauer befinden könnte, vermutlich ein gewöhnlicher Großstadthof. Mit Entsetzen hörte sie nun ein sonderbares Bröckeln in der Wand. Offenbar wurde die Mauer von außen aufgeklopft. Ambrosia sprang auf, zündete schnell eine Kerze an, und schon sah sie, wie eine kurze rötliche Schlange durch ein Loch in der Wand kam. Dann folgte eine Hand, als deren Daumen sich die Schlange erwies. Das Loch vergrößerte sich zusehends, und plötzlich fuhr ein braun umwickelter Kopf herein. Dann wurde er von außen wieder zurückgezogen. Das Loch musste offenbar noch etwas vergrößert werden, und nun fiel auf Ambrosiens Bettdecke eine wie mit braunen Lappen umhüllte Leiche. Dann kam gleich noch eine und zuletzt der diesmal freundlich grinsende Kopf des Professors.

„Da wären einstweilen die zwei Mumien", rief er munter, „damit Sie sehen, dass ich kein Schwindler bin." Dann schwang er sich selbst herein und saß nun, ein vergnügter Freier, mit türkisch gekreuzten Beinen auf Ambrosiens Bettdecke zwischen den zwei Mumien. Die Arme stand wie angewurzelt vor ihm.

„Nur nicht erschrecken, hochwerte Dame. Ich bin ein guter Mensch, natürlich nur so weit ich überhaupt schon ein Mensch bin, es wird mir nicht leicht mit der Menschwerdung, aber Hannickel ist mit meinen Fortschritten auf diesem Gebiet recht zufrieden. Als ich zuerst zu ihm kam, war ich noch ein vollendetes Vieh, müssen Sie wissen, eine Sau, wie er zutreffend bemerkte. Fragen Sie ihn nur selbst. Er gibt jederzeit ein Leumundszeugnis über mein Inneres. Es ist jetzt ganz fein geworden, mein Inneres, fast rosa, früher war es schwarzrot, scheußlich sage ich Ihnen. Nur mit dem Äußeren will es mir noch nicht recht gelingen, da bin ich noch wüst. Hannickel meint, das wird sich geben, wenn ich in die Hände einer braven Frau komme. Nun kommen Sie aber mit hinaus, da draußen werden sie schwelgen. Sie liebliche Träumerin!"

„Wo draußen?" fragte Ambrosia, die nun gemerkt hatte, dass ihr nichts Übles widerfahren sollte.

„Oder nennen Sie es drinnen. Ich meine unseren Liebeshof. Stecken Sie nur erst einmal den Kopf durch die Mauer."

Er zog die wieder etwas Ängstliche sanft an sich und ließ sie durch die Wand blicken. Sie schaute in einen entzückenden Garten, der ganz im Mondschein lag. In der Mitte erblickte sie einen höchst anmutigen Teich mit Schwanenhäuschen, um den Paare in lichten Gewändern lustwandelten. Manche ruderten auch in zierlichen Gondeln. Alle waren Leute gesetzten Alters, was nicht wenig zu Ambrosiens Beruhigung beitrug.

„Ich werde mich anziehen", sagte sie entschlossen.

„Nein, nein, bleiben Sie in diesem duftigen Nachtgewand, Angebetete. So sind wir alle, das wirkt griechisch. Sehen Sie doch mich an."

Tatsächlich trug auch er nur ein gelbliches, mit roten Herzchen gemustertes Nachthemd, das bis an die Knie seiner rotbehaarten Beine ging. An den ziemlich großen Füßen trug er Ohrenschuhe wie ein Kind.

Er schlüpfte nun durch das Loch zurück und ermutigte Ambrosia, es ebenso zu machen. Sie steckte zuerst den Oberkörper durch die Öffnung und dann zog sie der Professor ganz zu sich heraus. Als sie in dem Garten standen, sahen sie, dass gerade Hannickel ebenfalls durch eine kleine Hintertür aus dem Gewölbe seines Ladens trat, auch er nur im Hemd, an der Hand führte er behutsam eine spindeldürre weibliche Person.

„Das wäre also der Garten der Verjüngung", flüsterte der Professor seiner Begleiterin ins Ohr. „Ich selbst bin bereits Doktor der Verjüngung. Die Mumien sind zwei recht hoffnungslose Fälle, die werden wohl nie mehr jung. Aber wir werden noch viel Nutzen von ihnen haben. Ich habe übrigens nun einen ganz neuen Plan mit ihnen."

„Also soll ich sie doch nicht in Kommission nehmen?" fragte Ambrosia, die ihr Geschäft nicht ganz vergessen hatte.

„Für erste noch nicht. Vielleicht bekommen wir etwas Besseres dafür als Geld, nämlich ein Juwel, und was für ein Juwel! Nun, davon später. Wenn wir erst Mann und Frau sind, werde ich Sie in alle meine Geheimnisse einweihen. Sie werden Augen machen."

Ambrosia fühlte wieder einen leichten Schauer über den Rücken gehen, aber der Mann war wie verwandelt, so liebenswürdig, dass man ihm gar nicht böse sein und ihn auch nicht fürchten konnte. Sie war sonst nicht die Mutigste gewesen, aber an seiner Seite fühlte sie Mut.

„Wie anders Sie heute sind, Herr Professor", schmachtete sie.

„Ich wundere mich selbst", erwiderte er. „Das ist der sittigende Einfluss des Weibes, den mir Hannickel so sehr verordnet hat. Sie machen mich noch zum Kavalier."

Ambrosia schwamm in Entzücken.

„Nun schauen Sie sich aber einmal um, Vielgeliebte. Die alle sind Ihre Nachbarn, Bewohner der Brutgasse. Nachts kommen sie von rückwärts aus ihren Gewölben heraus und schwelgen in diesem Garten. Nicht wahr, das haben Sie nicht geahnt, dass Sie schon seit Jahrzehnten Wand an Wand mit der Seligkeit wohnen. Aber so ist es. Die Frauen brauchen immer einen, der sie holt, und die Männer dürfen immer eine mitbringen."

Ambrosia lächelte und meinte: „Eigentlich ist es ganz nett so, nicht?"

„Freilich ist es nett, daher der Name Seligkeit." Er drückte ihr verstohlen die Hand.

„Aber das beste kommt noch. Die alle hier erwarten die Ankunft des großen Zauberers, nur wissen sie nicht, dass er so bald kommt. Ich aber habe Gründe anzunehmen, dass es vielleicht schon heute Nacht ist. Der nimmt nämlich selber meine Mumien, das wäre das beste Geschäft."

„Zahlt er so gut?" fragte Ambrosia interessiert.

„Das will ich meinen!"

Nun darf man nicht glauben, dass Ambrosia dem Professor schon ganz urteilslos verfallen gewesen wäre. Sie fand nur, dass sich die Sache nicht übel anließ. Gewiss war er kein schöner Mann im Sinn früher Mädchenideale, denen Ambrosia bisher heimlich immer noch gehuldigt hatte. Besah man ihn indessen näher, so war er nicht ohne verborgenen Reiz, wohl etwas verwildert, aber sicher besaß er einen guten Kern im Inneren. Vielleicht hatte er sogar wie Ambrosia eine bessere Kinderstube gehabt, deren Wirkung nun unter ihrer Berührung wieder zum Vorschein kam. Und ein gebildeter Herr war er, sogar Professor. 20 000 Mark im Jahr, das gibt einem Mann auch Gewicht; aber in Glas und Aluminium, was das nur bedeutete? Übrigens kam ihr alles zusammen genommen gar nicht mehr so wunderbar vor, ja, ihr war sogar zu Mut, als habe sie ähnliches schon erlebt. Und wer unter uns hätte das nicht, wenn er sich nur recht erinnert?

Sie hatte den Arm des Professors genommen, der sie zwischen maurischen Gartenhäuschen herumführte, in denen allen ältliche Paare in etwas unordentlichen Hemden und Umhängen saßen, offenbar ihrer Verjüngung entgegen harrend. Sie genossen farbige Getränke und Süßigkeiten.

Ambrosia nahm sich nun ein Herz und fragte geradeheraus: „Was sind Sie eigentlich für ein Professor, Herr Professor? Professor der Verjüngung, das ist doch eigentlich kein Amt, in meinen Laden kommen nämlich oft Professoren."

„Doktor der Verjüngung", erwiderte er, „nur Doktor. Wer sich etwas anmaßt, was er noch nicht ist, sagt Hannickel, der erreicht es, wenn überhaupt, dadurch nur viel später. Sonst haben Sie recht, Holdseligste, auch Doktor der Verjüngung ist kein Amt, ich bin es auch nur im Nebenamt. Mein Hauptamt darf ich darum nicht vernachlässigen. Pflicht bleibt Pflicht, sagt Hannickel. Professor bin ich in Ventriloquistik, daneben treibe ich auch etwas Schönrednerei."

„Was ist denn das, Wenderlo Quisdi?" fragte Ambrosia, nichts Gutes ahnend.

„Setzen wir uns in diese Geisblattlaube", sagte der Professor. „Eben geht ein Paar weg; wenn wir Glück haben, sind die Stühle noch warm." Er befühlte die Sitze. „Ja, es geht, ganz wohl temperiert."

Er setzte sich und zog sie neben sich. Dann schlug er mit der Faust auf den Tisch und schrie roh:

„Wirtschaft!". Dabei spielte sein scheußlicher Daumen hin und her.

„Was ist das also für eine Wissenschaft, von der Sie eben sprechen wollten?" schmeichelte sie, durch diesen Rückfall in seine Wildheit etwas erschreckt.

Da erklang eine unterirdische Bassstimme, die sang:

„Kakadu, Kakadu,
Du bist die Ruh, die Ruh, die Ruh."

„Das war Ventriloquistik", erwiderte er, nicht ohne Eitelkeit.

Inzwischen kam ein Zwerg herein mit langem zweigeteiltem weißen Bart und in lila Frack.

„Wurde hier ‚Wirtschaft' gerufen?" fragte er scharf.

„Jawohl, Freund Bibo", sagte der Professor jovial. „Wir wünschen etwas Hochzeitssekt und einen Knallbonbon mit etwas Schönem darin."

„Anständig oder schweinisch?" fragte Bibo.

„Schwei...." wollte der Professor sagen, aber Ambrosia fiel ihm ins Wort:

„Nein, nein, Herr Professor, das mag ich nicht."

„Also halb anständig", verbesserte sich der Professor, „so wie es halt die Damen gern haben."

Bibo warf einen prüfenden Blick auf Ambrosien.

„Ist die Gnädige vielleicht vom Theater?" fragte er.

„Nein, vom Zirkus", sagte der Professor.

„Aber, Herr Professor, Sie machen mich ernstlich böse", begehrte Ambrosia auf.

In diesem Augenblick ertönte wieder die unterirdische Stimme:

„Niemand verleugne eine große Vergangenheit, die er versäumt hat."

„Haben Sie gehört. Angebetete, das ist die Weisheit der Ventriloquistik. Hören Sie immer auf sie. Sie ergänzt den gesunden Menschenverstand aufs glücklichste. Würde ich Sie so heiß lieben, wenn ich Sie nicht vor meinem geistigen Auge dauernd durch bunte Reifen von einem Hengst auf den andern springen sähe? O, über das furchtsame Frauenherz."

„Es ist schön, was Sie da sagen, aber was soll dieser Kellner von mir denken?"

„Er soll denken, Sie seien die verschollene und wiedergekehrte Miss Wanda, die in der Luft schwebend ihre sieben Männer an einem Riesenring zwischen den Zähnen hielt und sich dabei siebenmal den Unterkiefer brach, so dass sämtliche Männer unten zerschmetterten. Sehen Sie, das ist das Leben. Welche Treue, sich eher den Unterkiefer zu brechen, als einen Mann los zu lassen, und welche Helden, die den Sturz in die Tiefe um eines herrlichen Weibes willen immer wieder riskierten. Hannickel sagt, dies sei der ewig sich wiederholende Trojanische Krieg um die schöne Helena. So eine können auch Sie werden, wenn die Verjüngung gelingt. Sie Herrliche."

„Wird der Kellner nun wirklich glauben, dass ich diese Miss Wanda bin?" fragte Ambrosia, der plötzlich eine neue Welt jenseits des Antiquitätenhandels und ihrer vermaledeiten Familienverhältnisse aufging.

„Nein, mein süßes Herz, machen Sie sich keine Sorgen um Ihren guten Ruf, Kellner sind immer uns gläubig."

Ambrosia war ein wenig enttäuscht. Es trat eine etwas peinliche Stille ein. Sie unterbrach sie plötzlich mit den Worten:

„Sind Sie eigentlich gläubig, Herr Professor?" Sie nahm es mit ihren kirchlichen Pflichten sehr genau und ging mehrmals im Jahr zur Messe.

„Und ob!" sagte der Professor, „wenn Sie wüssten, an was ich alles glaube."

„Nein, ich meine: glauben Sie an Gott?"

„An mehr als einen!"

„... und an den Teufel?"

Der Professor brach in ein meckerndes Lachen aus und bohrte seinen grässlichen Daumen sanft in Ambrosiens gut gepolsterte Magengegendgrube, so dass ihr ganz schwach wurde.

„Alle guten Teufel leben hoch!" rief er, während der Zwerg Bibo gerade in einem Eiskübel den Hochzeitssekt hereinbrachte.

„Hoch, hoch", stimmte dieser automatisch ein und goss fachgemäß die Gläser voll. Das Getränk schäumte und zischte wild auf. Zwischen beide Gläser legte Bibo den Knallbonbon.

„Also süße Schlange und beste Maus, auf das Wohl Ihres werten Leibes, die Seele mit inbegriffen!" rief der Professor.

Er stieß mit ihr an und trank aus. Sie, die gern etwas Stärkendes zu sich nahm, tat ihm Bescheid. Wie ein glühender Strom ging es ihr durch die Adern. Ihr war zumut, als sei sie nun wirklich die verschollene und zurückgekehrte Miss Wanda. Plötzlich stand sie auf, stieg auf ihren Stuhl, setzte den einen Fuß auf den Tisch und sang mit trompetender Stimme:

„Fordere keiner mein Schicksal zu hören!"

„Keiner, keiner, keiner", rief die unterirdische Stimme so laut, dass Ambrosia zu Tod erschrak. Ihr wurde so schwindlig, dass sie nicht mehr allein vom Tisch herunter konnte.

„Zu Hilfe, zu Hilfe", schrie sie, „ich versinke."

Der Professor umschlang sie sanft und setzte sie wieder auf den Stuhl.

Der Zwerg, der dem allem starrend zugeschaut, sagte kopfschüttelnd:

„Sonderbares Geschlecht! Auch ein Kellner lernt nie aus!"

„Aber interessant und angenehm", meckerte der Professor in höchstem Glück.

Er bohrte ihr wieder mit dem Daumen in die Magengrube. Dieses Mal gefiel ihr das Spiel wohl und sie gluckste, nicht minder glücklich als er. In diesem Augenblick ging Hannickel mit seiner spindeldürren Begleiterin, die er immer noch behutsam an der Hand führte, an der Laube vorbei.

„Meister, Meister", rief der Professor in höchster Freude, „wir feiern eben Hochzeit, setzen Sie sich doch zu uns mit Ihrer schönen Dame und geben Sie uns Ihren Segen."

„Wir kommen gern", rief Hannickel etwas trocken, „wir wollen nur erst noch etwas Luftballon fahren."

Sie gingen nach dem Teich zu.

Ambrosia war schnell wieder zu sich gekommen, als sie merkte, dass sie in dem Professor einen wirklichen Beschützer hatte.

„Herr Jobst", sagte sie nun zum ersten Mal , „wer ist eigentlich dieser Hannickel?"

„Der ist niemand, überhaupt niemand", sagte er schnell, als sei er etwas erschrocken durch diese Frage.

„Aber das gibt es doch nicht", gab ihr ihre Frauenklugheit ein, „jeder ist doch jemand."

„Jeder ja", erwiderte der Professor, „aber er nicht, er ist weder jeder noch jemand, sondern keiner und niemand, weit über alles Menschliche hinaus. Freilich gab es eine Zeit, wo das anders war."

„Was war er denn damals?" wollte sie wissen.

„Damals hieß er Golo, trug einen Scharlachmantel, einen schwarzen Geißbart und hatte Augen wie Kohlen."

„Oh", rief Ambrosia, offenbar angenehm berührt, „haben Sie ihn damals gekannt?"

„Damals habe ich ihn allerdings gekannt", sagte der Professor, „aber jetzt kenne ich ihn natürlich nicht mehr."

„Aber Sie reden doch mit ihm?"

„O Sie Täubchen. Ich rede mit ihm, wie man mit Niemand reden kann. Darum nenne ich ihn Meister."

„Und was war er denn damals, als Sie ihn kannten?"

„Ich sagte Ihnen ja schon. Da war er Golo im scharlachenen Mantel, ein Ritter von hohen Graden."

„Und warum heißt er jetzt Hannickel?"

„Aus demselben Grund, warum Sie jetzt Miss Wanda heißen. Selbst der ungläubige Zwerg scheint es nach Ihrer kleinen Extravaganz von vorhin nun doch zu glauben."

„Aber ich heiße doch gar nicht Miss Wanda."

„Nun, er heißt auch nicht Hannickel."

„Jetzt verstehe ich", meinte Ambrosia nachdenklich, „und was waren denn Sie damals, als er noch Golo war?"

„Ich war immer, was ich heute bin", erwiderte er wehmütig, „nur noch viel ärger. Ich soll nun auch bald aus meiner Haut herausfahren, und Ihr guter Einfluss kann da wie gesagt viel helfen, Angebetete. Nur fragen Sie nicht zu viel. Wirken Sie mehr durch Ihre beseligende Nähe. Das verstehen Sie nämlich aus dem FF."

Inzwischen kamen Hannickel und die Spindeldürre zurück und traten in die Laube. Jedes hatte einen Kinderluftballon an der Brust befestigt.

„Nun, sind Sie gefahren?" fragte der Professor.

„Nein", sagte die Spindeldürre, „wir sind noch immer zu schwer."

„Sie ist zu schwer", verbesserte Hannickel ruhig, „ich bin vielmehr zu leicht."

„Wieso das?" fragte Ambrosia.

„Weil ich überhaupt niemand bin."

„Sehen Sie!" rief der Professor, stolz auf seinen Meister. „Wer hat recht?"

„Ich bin offenbar noch immer nicht dünn genug", seufzte die Spindeldürre.

Nun bat der Professor seinen Meister Hannickel, ihn der Dame vorzustellen.

„Nein, das geht nicht", rief diese mit spitziger Stimme. „Ich stelle selber nichts vor, und darum wäre es für mich eine unverdiente Demütigung, wenn andere mir vorgestellt würden."

Zur Bestätigung des Gesagten hob sie ihr federleichtes, ohnehin durchschimmerndes Hemd etwas in die Höhe, und man sah, dass ihre Beine so dünn wie Bleistifte waren.

„Es hat den Vorzug, dass man sich nicht zu schämen braucht, sich zu entblößen", erklärte sie geziert, „denn Schämen setzt ein

Objekt voraus. Sähe ich aus, wie dort die Gnädige, ich meine so objektiv, dann würde ich vor Scham in den Boden sinken."

„Da hört aber alles auf, so eine Unver …", wollte Ambrosia sagen, aber der Professor hielt ihr den Mund zu.

„Holde Friedenstaube", sagte er, „das ist ein Missverständnis Ihrerseits. Das war keine Beleidigung von Seiten des Fräuleins, sondern nur eine scharfsinnige Feststellung."

„Wieso?" fragte Ambrosia dumm und geärgert.

„Nun, gnädige Frau", triumphierte die andere, „nach den Gesetzen der Logik kann unmöglich ein Ding zugleich ein anderes sein, d. h. Sie nicht ich, ich nicht Sie. Wenn Sie etwas vorstellen, und das tun Sie, dann können Sie dieses von Ihnen Vorgestellte nicht ohne Scham entblößen, und ich bin sicher, Sie würden in den Boden sinken, wenn es frivoler Weise der Herr Professor täte."

„Geschieht nicht, Liebste, geschieht nicht", beruhigte dieser.

„Habe ich recht?" fragte die Spindeldürre.

„Darin haben Sie recht" erwiderte Ambrosia beruhigt.

„Nun, weiter habe ich nichts gesagt. Was nun mich betrifft, so stelle ich, wie gesagt, nichts vor. Das Nichts aber kann man ruhig entblößen, ohne das Schamgefühl zu verletzen. Darum darf ich meine Beine zeigen. Sie nicht die Ihren."

„Nein, da hört aber alles auf", schrie Ambrosia in erneuter Erregung, aber wieder hielt ihr der Professor den Mund zu.

„Es ist nichts dagegen zu sagen", meinte Hannickel ruhig, „das Fräulein hat recht."

„Aber Frau Ambrosia Kräppel", ergänzte der Professor mit ungewohntem Pathos, „ist recht, nämlich so wie sie ist."

„Auf dieser Basis könnte man sich einigen", erwiderte Hannickel.

„Aber insofern der Geist über der Natur steht", fiel die Spindeldürre spitzig ein, „ist Rechthaben mehr als recht sein."

„Nun, verehrter Meister", bat der Professor, „halten Sie aber ihr den Mund zu, sonst ist die ganze Nacht verdorben."

„Dieses Mittel würde hier nicht fruchten", flüsterte Hannickel dem Professor zu. „Ihr Gedankenstrom nährt sich nur von den Wassern des Widerspruchs. Bringen Sie es über sich, nicht zu widersprechen, dann ist die Ruhe schnell wiederhergestellt."

Der Professor, der schon so viel von Hannickel gelernt hatte, begriff auch dies.

Man ließ nun die Spindeldürre ruhig reden. Sie machte noch einige sehr scharfsinnige Unterscheidungen zwischen Objekt, Natur und Geist, Vorstellen und Wollen, was alles im Geheimen eine tiefe Erniedrigung Ambrosiens und eine Verherrlichung ihrer selbst bedeutete, aber Ambrosia verstand glücklicherweise nicht ein Wort. Die beiden Männer nickten, als spendeten sie Beifall, desgleichen der Zwerg, und selbst Ambrosia nickte, freilich aus einem anderen Grund. Sie hatte inzwischen hinreichend Muße gefunden, das Äußere der ihr so unsympathischen Frau zu mustern, und was sie da sah, schien ihr durchaus zu ihrem unausstehlichen Wesen zu passen. Sie trug, wie schon gesagt, ein flordünnes Hemd, übrigens das einzige ganz reine und gepflegte Kleidungsstück im ganzen Garten. Alle anderen waren schadhaft und nicht ganz sauber gekleidet und schienen, so wie Ambrosia, eben aus dem Bett aufgestanden zu sein. Unter dem Hemd der Spindeldürren erkannte man eine hohle Brust mit zwei winzigen Türkisen als Warzen. Auch ein kleiner, schnabelförmig vorspringender Nabel war unter dem Flor sichtbar, ein vollkommenes Gegenstück zu ihrem Mund. Dazu trug sie eine Pagenfrisur aus Locken von hellblauer Seide. Dies alles missbilligte Ambrosia aufs höchste.

Der Professor störte Ambrosien aus ihren weiblichen Betrachtungen auf, indem er sie wieder zum Trinken nötigte. Das hatte den Erfolg, dass sie sich nun rückhaltlos zärtlich an ihn lehnte und ihn wieder Jobst nannte. Die gemeinsame Unterhaltung wollte indessen nicht wieder recht in Gang kommen. Da ergriff der Professor plötzlich den Knallbonbon, reichte Ambrosien ein Ende und rief:

„Los!" Sie packte ihn und zog. Es knallte, und heraus flog ein kleines schneeweißes embryonales Männlein, nicht so hoch wie die Sektgläser, mit dickem Kopf über dem eingedrückten Körper. Es stand plötzlich wie betrunken auf dem Tisch, blickte sich verwundert um, rief beschämt aus:

„Entschuldigen Sie, meine Herrschaften, ich bin eine Frühgeburt", und verschied unverzüglich.

Der Professor wollte das nichtsnutzige Ding mit rohem Lachen ergreifen und in den Teich hinter der Laube werfen. Ambrosia, die schon ziemlich berauscht war, zeigte sich uninteressiert, während nun die Spindeldürre lebhaft wurde. Ihre fahlen Wangen röteten sich über den Backenknochen und sie rief: „Männerbrutalität".

Sie nahm die so früh verschiedene Kreatur mit ihrem Spitzentaschentuch behutsam auf und begrub sie fürs erste in ihrem Lederbeutel.

Nun trat wiederum peinliches Schweigen ein, die anfängliche Stimmung schien nicht zurückkehren zu wollen. Indessen trat Bibo wieder in die Laube.

„Schöne Knallbonbons haben Sie da", sagte Ambrosia, die sich wieder zu ärgern begann.

„Es hat sie noch keiner schön gefunden", erwiderte der Zwerg barsch. „Übrigens war dieser der letzte."

„Schade", sagte Hannickel, „ich wollte gerade auch einen für uns bestellen."

„Den vorletzten können Sie noch haben", erklärte Bibo.

„Woran erkennen Sie denn, dass es der vorletzte ist?" wollte nun die überkluge Spindeldürre wissen. „Daran, dass der Letzte schon fort ist und überhaupt", erklärte der Zwerg etwas trotzig, als wolle er sagen: „Ich werde mit ihr fertig." Er schien sie wohl zu kennen.

„Also bringen Sie ihn in Gottes Namen", schnitt Hannickel die Kontroverse ab.

„Das werde ich nicht tun", erklärte Bibo.

„Wie, Sie verweigern den Dienst, Bibo?" fragte der Professor begütigend.

„Davon ist keine Rede", sagte Bibo ruhig, „ich werde den gewünschten Knallbonbon bringen, aber nicht in Gottes, sondern in drei Teufels Namen. Dies ist der springende Punkt."

Er blickte höhnisch auf die Spindeldürre, als traue er ihrem Verstand eine solche Unterscheidung doch nicht zu.

„Ist der Knallbonbon schweinisch?" lallte Ambrosia mit gackerndem Lachen.

„Nein, äffisch", versetzte Bibo mit Strenge. „Und zu trinken?" wendete er sich an Hannickel.

„Dasselbe wie die Herrschaften", bestellte dieser, auf den Sekt deutend.

Plötzlich trat ein Herr in scharlachrotem Samtmantel herein, mit dünnem schwarzen Spitzbart und Augen schwarz wie Kohlen. Schief auf dem stark behaarten Kopf trug er ein goldenes Krönchen, in dem vorne ein Menschenauge wie ein Juwel gefasst war.

„Ah, seine Mirifizenz", rief der Professor erregt und fuhr von seinem Stuhl auf. „Ich weiß, ich weiß, Sie kommen wegen der Mumien. Ja, sie sind bereit, gar nicht weit von hier, Brutgasse 11, in dem Gewölbe meiner hochverehrten Frau Gemahlin Ambrosia, verwitwete Kräppel, einst hochberühmt als Miss Wanda", fügte er in seiner hochgradigen Erregung hinzu. „Hier sitzt sie, in beginnendem Sekt- und schon vorgeschrittenem Liebesrausch, die ich aber Ew. Mirifizenz nicht vorstellen kann, weil Gründe des Taktes heute Nacht jedes Etwas-vorstellenwollen verbieten."

„Begreife, begreife", erwiderte der Rote weltmännisch gewandt, „ich werde also die Mumien morgen abholen, und hiermit verleihe ich Ihnen, wie versprochen, ein Auge erster Klasse — wie Sie wissen, nur auf der Stirn zu tragen —, und mache Sie zu meinem Roten Ritter mit dem Gelübde, die Zeit zu schützen gegen die Ewigkeit."

„Verflucht, verflucht, um Haaresbreite am Ziel vorbei", rief Hannickel, nun gleichfalls ganz gegen seine Natur höchst erregt.

„Ach, Golo", rief der Rote, „hier finde ich ihn wieder, den treulosen Genossen aus der roten Runde, Nun, es scheint Ihnen ja gut zu gehen."

„Niemand geht es gut", sagte er kurz.

„Das haben Sie wieder einmal glänzend gesagt", flüsterte die Spindeldürre, „doppelsinnig ... Das sind Sie und das sind Sie nicht."

Hannickel aber hörte nichts von diesen Schmeicheleien und zischte mit abgründiger Wut den Professor an, den er Judas nannte. Offenbar hatte er hinter dem Rücken des Meisters heimliche Geschäfte mit dem Roten gemacht.

Inzwischen hatte der Rote das Auge aus dem Krönlein genommen und es dem entzückten Professor auf die Stirn gedrückt, wo es indessen nicht kleben bleiben wollte. Se. Mirifizenz bemühten sich höchstselbst nach Kräften, aber das Auge fiel immer wieder auf den Tisch.

„Welch ein unverständlicher Missgriff!" rief nun Hannickel-Golo, nahm schnell das Auge an sich, drückte es sich selbst auf die runzlige Stirn, wo es sofort so fest saß, wie nur das Monokel im Auge eines Leutnants der Garde. Gleich entstrahlte ihm ein ungeheurer, freilich ganz kalter Glanz, der die Laube mit Licht erfüllte.

Alle sahen starr auf Hannickel. Selbst der Rote wusste sich vor Staunen nicht zu halten:

„Wo haben Sie das gelernt, Golo?" fragte er.

„Jedenfalls nicht in Ihrer dummen Runde, wo, gestehen Sie es nur, bis jetzt noch keiner was Rechtes gelernt hat."

„Sie sind undankbar, Golo", erwiderte Se. Mirifizenz gekränkt.

„Keineswegs", erwiderte Golo-Hannickel, „ich habe viel bei Ihnen gelernt, aber nichts Rechtes, sondern alles das, was man gewusst, aber wieder vergessen haben muss, um das Schädelauge als eigenen Körperteil tragen zu können."

„Darauf habe ich allerdings nichts zu erwidern", sagte der Rote gelassen. „Metaphysik hat mich nie interessiert. Wegen der Mumien lassen Sie uns morgen reden", bemerkte er zu dem Professor. Im übrigen werde ich mich jetzt empfehlen, denn was Sie jetzt weiter hier treiben werden, ist für mich unschmackhaft. Ich liebe die Erde, und nichts sonst."

„Wenigstens kennt er seine Grenzen, und das ist wenn nicht Weisheit, so doch Klugheit", belehrte Hannickel die Spindeldürre.

Kaum hatte der Rote die Laube verlassen, als Bibo mit dem Hochzeitssekt und dem vorletzten Knallbonbon hereinkam. Auch er war von dem kalten Glanz geblendet, der von Hannickels Stirn ausging.

„Der Donner", rief er, „da ist es also doch einmal einem geglückt. Hätte es nie geglaubt, nie. Mein Kompliment, Ew. Incandeszenz."

Er stellte Sekt und Gläser hin und überreichte Hannickel den vorletzten Knallbonbon.

„Mit Vorsicht anzurühren", sagte er, „er lebt."

Hannickel hielt ihn der Spindeldürren hin und rief mit Würde: „Los."

Sie zitterte wie eine Espe im Wind. Zögernd griff sie nach dem Ende und hielt es nur locker und zitternd fest.

„Sie stellt sich an wie bei einer Schwergeburt", sagte Ambrosia halblaut zu dem nun tieftraurigen, in sich gekehrten Professor.

„Jeder nach seinem Können", sagte er milde.

Schließlich kam es doch zum Knall. Der Spindeldürren vergingen einen Augenblick die Sinne, und aus dem feinen Papier des Knallbonbons stieg ein Seidenäffchen hervor, das ganz dreist auf den Tisch stieg und folgendermaßen anhub:

„Danke, danke, hochansehnliche Versammlung für die gemeinsame Geburtshilfe, da wäre ich denn, der Längsterwartete. Meiner hochverehrten Frau Ziehmutter, die mich aus dem Knallbonbon gezogen hat, wie Pharaos Tochter den Moses aus dem Nil, bringe ich hiermit zunächst die erlösende Kunde, dass ihr Fehltritt gegen die Natur nun gesühnt ist. Sie kann wieder in Ehren ihren Mädchennamen in Fleisch und Blut tragen und neu beginnen. Sie ist nämlich eine geborene von Schulz. Was mich selbst betrifft, so schließe ich mich, im Gegensatz zu dem Herkommen, das sonst unter den Früchtchen verbotener Liebe gilt, ganz ausschließlich an meinen verehrten Herrn Vater an. Niemand ist mein Vater. Darum geselle ich mich ihm zur Fahrt nach Atlantis, das niemand erreichen wird. Wir werden dort einstweilen das posthistorische Zeitalter vorbereiten, wo schädeläugige Männer unter Umgehung der Frauen ein weises Geschlecht unmittelbar aus dem Schoß der Erde hervorblasen werden. Der erste Versuch ist, wie Sie bei Eröffnung des andern Knallbonbons betrübt wahrnahmen, aus mangelnder Weisheit der Erzeuger missglückt. Der zweite Versuch bin ich. Gewiss ein noch bescheidenes Resultat, aber doch, wie Sie sehen, ein Resultat und lebensfähig. Auf, mein Erzeuger, machen wir uns gleich auf die Fahrt. Ich führe dich und du führst mich, dein Affensöhnchen, von keinem Weibe geboren."

Nach dieser wohlgesetzten Rede nahm das Äffchen den Luftballon von dem konkaven Busen der von Schulz und wickelte sich gewandt die Schnur um den Hals. Zum Abschied förderte es die Wissbegierige noch durch ein kräftiges Sprüchlein, indem es sagte:

„Magerkeit, o Weib, das mich in Ängsten gezogen hat, ist noch nicht Geistigkeit."

Darüber schien sich Bibo in seiner trockenen Seele über alles Maß zu freuen.

Dann sprang das Affchen Hannickel auf die Schulter, prüfte sorgfältig, ob dessen Luftballon gut befestigt war, und nun flogen beide aus der Laube und erhoben sich hoch über den Garten. Noch lange sah man das Schädelauge kalt wie einen erstorbenen Stern zwischen den Lichtern des Nachthimmels leuchten, bis es sich in den goldenen Nebeln der Milchstraße verlor. Die tief ergriffenen Paare aber stimmten den im Garten üblichen Festchor an: „Heil sei dem schönen Tag, an welchem du bei uns erschienen, Didelum, didelum, didelum."

In der Laube herrschte wieder sanftes Mondlicht wie zuvor. Die drei Zurückgebliebenen waren tief erschüttert.

„Mein Weg war falsch", sagte das Fräulein von Schulz zuerst, ehrlich, aber trocken.

„Meiner auch", brüllte der Professor, barg sein Gesicht in dem gastlichen Busen Ambrosiens und heulte wie ein Schlosshund.

„Warum denn falsch?" sagte sie weich und begütigend. „Hier ist es doch so schön, dass ich gar nicht mehr fort möchte. Und was gehen uns die fremden Leute an? Außerdem haben wir doch auch noch die zwei Mumien."

„Sie sind dahin, geliebte Seele, morgen holt er sie ab, dahin, und auch das Auge ist dahin. Golo hat das Rennen nach der Unsterblichkeit gewonnen, und es ist recht so, denn ich bin ein ganz dummes Aas und habe ihn, den ich Meister nannte, obendrein betrügen wollen, aber der Rote hat mich wie so viele verführt. Meine Schuld ist größer, als die aller anderen, denn als ein Schüler Golos hätte ich es wissen können, mich gar nicht erst mit dem Roten einlassen dürfen. Nun bin ich tiefer gefallen, als ich je war. Ich wollte ein Gott werden und bin nicht einmal ein Mensch, sondern ein dummes Vieh wie früher."

„Finde ich nicht, mein guter Jobst", sagte Ambrosia. „Sie haben noch einige schlechte Gewohnheiten, aber im ganzen sind Sie ein feiner gebildeter Mann."

„Schweig, Fettsack", schrie er außer sich über so viel weibliche Ungeistigkeit. „Weiß Gott, ich verstehe, dass sie es ohne die Weiber machen wollen, nur mit in die Erde blasen; ob es nur gehen wird?"

Jetzt fühlte sich aber Ambrosia schwer gekränkt, indessen auch sie hatte hinzugelernt und redete, wie sie noch nie geredet hatte.

„Ich bin, wie ich bin", sagte sie fest. „Anfangs habe ich dir gerade so gefallen. Aber ich will nicht im Weg sein. Wenn du willst, nimm dir Fräulein von Schulz. Zu ihr passt du viel besser. Ich bin eine einfache Frau und habe nichts als ein gutes Herz." Dicke Tränen liefen ihr über die Wangen. Fräulein von Schulz ergriff ein heftiges Zittern bei der Vorstellung, der Professor möge sich ihr nähern, und sie fühlte sich schutzlos ohne Hannickel.

Der Professor fluchte wie ein Matrose und verließ die Laube, ohne das ängstliche Fräulein eines Blickes zu würdigen.

Draußen stand Bibo starr wie eine Säule, als ginge ihn das alles nichts an, aber er hatte gelauscht wie ein Luchs. Der Professor zog eine Handvoll Glas und Aluminium aus dem Hosensack, gab es ihm und sagte:

„Stören Sie da drinnen das Idyll nicht, Bibo."

Als die beiden Frauen allein waren, fühlte Ambrosia etwas wie ein gemeinsames Frauenschicksal und wimmerte:

„Man kann es Ihnen nie recht machen, entweder ist man ihnen zu dick oder zu dünn."

„Warum überhaupt immer ‚ihnen' ", argumentierte das Fräulein.

„Halten Sie es denn für ganz ausgeschlossen, dass auch eine Frau das Schädelauge gewinnt?"

„Ach, ich will ja gar keines haben", jammerte sie, „mir hätte es vollkommen genügt, wenn ich ihm zum Geburtstag ein schönes blaues Glasauge hätte schenken können, um es ihm in die leere Höhle einzusetzen. Dann wäre er noch ein ganz hübscher Mann geworden. Wenn es unter uns Weibern eine Einigkeit gäbe, dann müssten wir die Männer verhindern, immer so blöde Sachen zu treiben."

„Ja sind Sie denn so ganz von allen guten Geistern verlassen, liebe Frau, dass Sie nie die Sehnsucht nach Atlantis gespürt haben?"

„Nein, nie habe ich das gespürt. Sie wollen doch dort gar keine Frauen. Was soll ich da, wo es nur Männer und Affen gibt."

„Vielleicht kommt es doch darauf an, was für Frauen", sagte die Schulz spitzig.

„Ach Sie meinen so Schmalgeißen, wie Sie eine sind. Hören Sie auf. Ich habe genug von Ihrem Schmus. Jetzt will ich schlafen."

Sie lehnte sich zurück, ließ den Kopf sinken und schlummerte ein.

„Hoffnungslos, wirklich hoffnungslos", flüsterte Fräulein von Schulz verächtlich. Dann trat sie aus der Laube. Im Garten war es ruhig geworden. Sie blickte etwas unschlüssig umher, dann kletterte sie mit bemerkenswerter Gelenkigkeit an der Laube hinauf, setzte sich auf das Dach und blickte in den Mond. Ringsum erscholl im Garten ein Chor von Liebesseufzern und Schnarchtönen. Das Fräulein, das lateinisch konnte, zitierte:

„O qualis nox fuit illal!"

Bibo aber stand hinter einem Baum, das Kinn sinnend in die Hand gestützt, und ließ keinen Blick von ihr.

Am folgenden Morgen erwachte Ambrosia wie immer gegen 8 Uhr in ihrem Alkoven. Ihr war sehr beklommen zu Mut. Sie erinnerte sich, höchst seltsam geträumt zu haben, aber was war denn das, was da auf der Bettdecke lag? Sie schrie laut auf: die zwei Mumien; aber sie hatten sich von selbst aufgewickelt und zwischen den braunen Lappen lagen zwei ungeheure Geschwülste mit Menschengesichtern und Haaren. Das eine war ein pausbäckiges Köchinnengesicht, das andere mehr mulattenhaft, plattnasig und dicklippig. Sie grinsten und blinzelten sie listig an, schienen aber noch zu schwach zu sein, um sprechen zu können. Also doch kein Traum! Der Angstschweiß brach ihr aus. Aber wie war sie denn wieder in ihr Bett gekommen? Fieberhaft tastete sie nach der Wand. Von der gestrigen Öffnung schien sie nichts zu sehen. Doch, da war die Spur eines Randes deutlich wahrzunehmen, aber Ambrosia konnte sich nicht entsinnen, ob dieser Umriss nicht schon immer dagewesen war.

Sie stand auf. Die Geschwülste wagte sie gar nicht anzusehen. Nun stöhnten sie auch noch. Zunächst kochte sie sich einmal einen recht starken Kaffee, kleidete sich notdürftig an und öffnete den Laden. Ihr erster Blick fiel auf Hannickels Gewölbe.

Er war schon, wie immer zu dieser Stunde, mit seinem Kübel draußen und sah ganz aus wie sonst, nur in die Mitte seiner runzligen Stirn war eine alte Briefmarke geklebt.

„Nun, Herr Hannickel", sagte sie und suchte den anfänglichen Ton der vergangenen Nacht zu treffen. Das heute Nacht, das war aber nicht ohne ..."

„Heute Nacht, was war denn heute Nacht?" fragte er zerstreut.

„Ich komme immer erst am Nachmittag dazu, über die letzte Nacht nachzudenken, dann allerdings gründlich."

„Nun, das Fräulein von Schulz, das Schädelauge. Sie wissen doch ..."

„Ach ja, ganz recht, ich entsinne mich gut. Bitte entschuldigen Sie, dass ich ein wenig in Ihren Träumen spazieren gehe. Solche Besuche sind meine einzige, freilich sehr liebe Zerstreuung. Übrigens wirke ich da nur Gutes, verhindere sogar viel Schlechtes. Haben Sie also keine Angst. Wenn das Auge auf der Stirn des Herrn Professors kleben geblieben wäre, dann hätten Sie etwas erleben können. Er ist noch lange nicht reif dafür. Sie sind ihm übrigens eine gute Stütze. Sie verstehen ihn zu nehmen. Er braucht noch die Frau."

„Um Gottes willen, Herr Hannickel, sagen Sie mir, wo ist der Professor?"

„Wie ich ihn kenne, wird er auf irgendeiner Wirtshausbank seinen Rausch ausschlafen und in lichten Augenblicken in Erinnerung an Sie ‚Letzte Rose' singen."

„Glauben Sie? Dann könnte ich ihm verzeihen, dass er gestern, nachdem Sie fortgeflogen waren, so gemein gegen mich wurde."

„Kenne ich, kenne ich, das sind so seine Rückfälle ins Vormenschliche, aber sein Kern ist gut. Das Schädelauge kriegt er zwar nie, aber auch er wird seinen Weg finden und dabei Ihnen etwas Licht auf Ihren Weg geben."

„Meinen Weg? Um Gottes willen, Herr Hannickel, mir wird ja ganz angst und bange. Was ist denn das für ein Weg?"

„Nun, jeder Mensch geht seinen Weg. Auch die Frauen haben ihre Wege, nur scheinen sie uns Männern oft recht seltsam."

„Das ist ja schrecklich, was Sie da sagen, Herr Hannickel. Davon habe ich noch nie etwas gehört, und ich höre wirklich viel in meinem Laden. Ich habe immer noch geglaubt, dass das alles gar nicht wirklich ist, sondern nur Traum. Erklären Sie mir das doch, Herr Hannickel, ich bin ja ganz hilflos. Bitte, bitte, war das alles Traum oder Wirklichkeit?"

„O Sie fragen viel, gute Frau, wer möchte da so genau die Grenzen ziehen. Das habe ich längst aufgegeben."

„Ja Sie, aber ich bringe das noch nicht fertig. Denken Sie nur, die Mumien liegen wirklich drinnen, nur sind sie ganz anders geworden."

„Vermutlich ausgekrochen? Nun, alles kriecht einmal aus, wenn seine Zeit kommt, auch Sie und ich, gute Frau, auch der Professor wird einmal auskriechen, doch bei dem hat es noch gute Weile. Sie sind da viel harmonischer. Und nun Gott befohlen!" Mit diesen Worten ging er in sein Gewölbe zurück.

Für Ambrosia begann nun ein lebhafter Tag. Zunächst trat, ohne Guten Morgen zu wünschen, ein Fuhrmann herein und fragte, ob hier Frau Professor Ambrosia Kümmelmann, verwitwete Kräppel, wohne.

„Ambrosia Kräppel, zu dienen", sagte sie verwirrt.

„Ich bringe das Quartalsgehalt Ihres Gatten, des Professors Jobst Gottseibeiuns Kümmelmann, von der Akademie der unschönen Künste. Im Falle seiner Abwesenheit ist seine Frau Ambrosia, verwitwete Kräppel, zur Annahme und Unterschrift berechtigt."

Der Fuhrmann legte einige Hobelspäne hin, reichte ihr eine Kohle und sagte, ein paar schwarze Punkte genügten als Unterschrift.

Sie tat willenlos, wie er sagte. Dann ging der Mann hinaus, holte von einem Lastwagen zwei große Säcke und stellte sie auf den Boden in dem Laden, den einen so, dass es klirrte — „Aluminium", sagte er — den andern behutsam, mit den Worten: „Vorsicht, Glas."

Dann warf er einen Blick in den Hintergrund des Ladens. Als er auf dem Bettende die beiden Geschwülste sah, strich er sich den Schnurrbart und sagte: „Ein herziges Pärchen. An dem haben Sie gewiss viel Freude?"

„Aus der ersten Ehe meines Mannes", erklärte Ambrosia beschämt.

Dann ging der Fuhrmann zu seinem Lastwagen zurück, auf dem noch viele Säcke lagen, die er offenbar an andere Professoren der Akademie auszutragen hatte. So verwirrend das auch alles war, eines beruhigte Ambrosia doch sehr. Ob Traum oder Wirklichkeit, der Professor war keiner von denen, die ein Frauenherz betören, und wenn sie ihre Lust gebüßt, nichts mehr von sich hören lassen. Es war ein Vertrauensbeweis von ihm, der wiederum Vertrauen erweckte, dass er sein Gehalt an sie auszahlen ließ und sie vor den Menschen seine Frau nannte, Frau Professor.

Im Lauf des Vormittags kamen einige wenige Kunden wie immer. Gegen 11 Uhr hielt draußen ein herrschaftlicher Wagen. Eine sehr elegante überschlanke Dame stieg heraus, einen Knaul im Arm tragend, als sei darin unter einem Schal ein kälteempfindliches Schoßhündchen versteckt. Sie trat in den Laden, Ambrosia traute ihren Augen nicht. Es war das Fräulein von Schulz. Schien im Gegensatz zur vergangenen Nacht hier sehr sich verstellen zu wollen.

Es blickte so hochmütig über alles hinweg, dass es Ambrosia gar nicht zu erkennen schien.

„Guten Tag, liebe Frau", klang es etwas geziert aus ihrem Schnabelmündchen. „Man sagt mir, Sie hätten so hübsche echte Rokokopuppen. Kann ich sie einmal sehen?"

Ambrosia vermochte nur zu nicken. Sie nahm einige Puppen aus einem Glasschrank, in dem sie ihre wertvolleren Stücke aufbewahrte.

Mit sicherem Griff wählte das Fräulein sofort einen kleinen Kavalier in lachsfarbenem Taillenrock mit verblichenen Goldspitzen, Escarpins, einem Salondegen an der Seite und einen Dreimaster auf dem überaus niedlichen Köpfchen.

„Entzöckend, entzöckend", rief sie ein über das andere Mal.

Nun wickelte sie den Knaul auf. Darin war ein Froschglas, in dem ein schneeweißes Männlein stand mit dickem vornüber geneigtem Kopf und greisenhaftem Gesichtsausdruck. Es schien vor Kälte zu zittern.

Ambrosia erkannte in ihm sofort die Überraschung aus dem ersten Knallbonbon. Gestern hatte die Liebe und das Getränk sie etwas benebelt, aber nun erinnerte sie sich plötzlich voll Wut, wie die Spindeldürre gierig nach dem Männlein gegriffen und es in ihrem Lederbeutel hatte verschwinden lassen. Beleidigte Muttergefühle glühten nun etwas verspätet in ihr auf. Mit ihr hatte doch der Professor den Knallbonbon gezogen, dafür hatte jene das Äffchen bekommen.

„Der gehört mir", rief sie nun entschlossen und legte ihre feste Hand auf das Froschglas, so dass dem Männlein darin ganz angst und bange wurde.

Fräulein von Schulz blickte durch ihr Lorgnon, lächelte perfid mit ihrem dünnen Schnabel.

„Sie irren, gute Frau", sagte sie. „Es ist ein Findelkind, von seiner Rabenmutter verlassen, das ich im Zustand des Scheintodes gefunden habe. Ich ließ es einige Stunden in Hühnerbouillon setzen, und nun ist es wieder zum Leben erwacht. Selbst wenn Sie die Mutter wären, müssten Sie sich freuen, wir gut Ihr Kind es bei mir haben wird. Sie sehen, wie hübsch ich es kleiden will. Dieses echte Kavalierkostüm soll es tragen. Nichts ist mir für es zu teuer. Ich zahle Ihnen dafür 500 Mark. Hier ist ein Tausendmarkschein. Können Sie mir darauf herausgeben? Der Rest ist ausschließlich zu Einkäufen für den Kleinen bestimmt."

Ambrosia war wie vom Donner gerührt. 500 Mark verdiente sie kaum in einem Vierteljahr, und einen Tausendmarkschein hatte sie nie im Leben gesehen, denn große, wirklich wertvolle Stücke verhandelte sie nicht. Das war ihr zu riskiert.

„Ich habe nicht so viel Geld im Haus", sagte sie, unentschlossen auf den Tausendmarkschein blickend.

„Da stehen doch zwei Säcke voll Geld", bemerkte das Fräulein.

„Die gehören nicht mir", erwiderte Ambrosia, erregt vor die Säcke tretend, wie eine Henne vor ihre Küchlein. „Die gehören ..." zum ersten Mal sprach sie das Wort aus: „meinem Herrn Gemahl".

„Sie sollen ja nichts davon fortnehmen, nur wechseln", sagte das unbeirrbare Fräulein, „aber bitte schnell, der Kleine erfriert sonst."

Ambrosia knüpfte nun die Säcke auf, Fräulein von Schulz gewahrte mit einem freudigen „Oh" die Glas- und Aluminiumwährung, nahm von beidem etwas an sich und legte den Schein zu dem Aluminium.

Ambrosia schaute starr zu. Dann entkleidete das Fräulein schnell den kleinen Kavalier, der es sich lautlos gefallen ließ und eine gar erbärmliche Figur machte, während das Männlein in ein klägliches Gequiek und Gepieps ausbrach, als seine Adoptivmutter es einkleiden wollte. Ambrosia ließ sich nun herbei, ihm die Beinchen festzuhalten, während ihm das Fräulein die Höschen und Wadenstrümpfchen anzog, und schließlich schien ihm das wärmende Gewand sogar wohl zu behagen.

„Nun", sagte das Fräulein zum Abschied, „Sie werden sich überzeugt haben, dass der Kleine in guten Händen ist, im übrigen hoffe ich nichts mehr von Ihnen zu hören."

Damit verließ sie den Laden. Draußen öffnete ihr Kutscher den Wagenschlag. Seine unansehnliche Gestalt und der graue, zweigeteilte Bart erinnerte Ambosia sehr an den Zwerg Bibo.

Als sie wieder allein war, betrachtete sie genau den Tausendmarkschein, dann griff sie tief in die beiden Säcke. „Ob Traum oder Wirklichkeit", dachte sie, „die Münze wird im Verkehr angenommen.

Ambrosia blieb indessen nicht lange allein, da hörte sie das Lied „Letzte Rose" laut die Gasse herauf schallen. Ihr Herz zitterte, der Professor trat in den Laden. Er sah bleich und übernächtig aus.

„Morgen, Morgen", rief er jovial. „War Seine Mirifizenz schon da? Wo sind die Mumien?"

Er ging sofort in den Hintergrund des Ladens. Als er das ausgekrochene Schwesternpaar sah, verfiel er in versonnenes Schweigen und schaute sie lange an.

„Ich dachte es mir", sagte er vor sich hin. „Nun, meine Schuld ist es nicht. Hätte ich das Auge bekommen, wäre es nicht so gekommen und die Welt würde anders laufen. War das nötig? Nun fängt der Kreislauf des Lebens wieder von vorne an. Verstehe es, wer kann."

Dann wandte er sich zu Ambrosien:

„Höre mich an, mein angetrautes Weib", sagte er in etwas pastoralem Ton, der bisher an ihm noch nicht beobachtet worden war. „Du bist für die nächste Zeit auf dieser Welt gut versorgt. Da stehen zwei Säcke voll Silber und Gold. Sie gehören dir. Ich erwarte von dir als Frucht dieser bedeutungsschwangeren Nacht zum mindesten Zwillinge, ein Mädchen für dich, einen Buben für mich. Den Bub schickst du mir per Flaschenpost nach Atlantis. An welcher Küste ich auch irren werde — und ich werde noch viel irren — er wird mich erreichen. Dafür ist — von dort her — gesorgt." Er machte eine Bewegung gegen die Rückwand des Gewölbes. „Was die Mumien, beziehungsweise ihr Ausgekrochenes betrifft, so erwirbt sie Seine Mirifizenz. Er ist allein an dem Misslingen unserer Verjüngungspläne schuld. Hätte ich doch auf Hannickel gehört, statt hinter seinem Rücken mit dem Roten zu verhandeln. Hannickel kennt ihn gut, er war ja einst selber Ritter in seiner wilden Schar und hat mir immer gesagt, dass von ihm nicht das Heil kommt. Ich aber glaubte noch an ihn und wollte in seine Schar aufgenommen sein, ich metaphysischer Esel, ich metaphysischer! Das Auge, wenn von ihm verliehen, wächst nicht in die Stirne ein, darum trägt er es ja selber in der Krone und nimmt es nach Belieben heraus und verleiht es, aber es ist ein Schwindel. Selber muss man es erwerben, wie gestern Hannickel getan. Hätte ich doch auf ihn gehört! Nun hat er sein Ziel erreicht, und ich muss wieder von neuem beginnen."

„Jobst, mein lieber Jobst", jammerte Ambrosia, „du willst mich wieder verlassen?"

„Es muss sein", sagte er entschlossen.

„Jobst, mein lieber Jobst", flehte sie nun, „höre doch einmal auf die Stimme deines angetrauten Weibes. Auch dieser Hannickel hat einen schlechten Einfluss auf dich, glaube mir. Wozu brauchen wir ihn und den Roten und die ganze Gesellschaft? Hast du nicht ein schönes Amt, habe ich nicht ein schönes Geschäft? Wozu brauchst du das Schädelauge? Ich hatte für dich eine Überraschung vor: zu deinem Geburtstag wollte ich dir ein schönes Glasauge schenken, und dann wäre alles gut gewesen."

„Schwachheit, dein Name ist Weib", rief der Professor pathetisch.

Sie aber fuhr, ihrer guten Sache sicher, unbeirrt fort:

„Und was ist es denn schon, wenn einer in die Luft fliegt und statt einer lieben Frau einen Affen mit herumschleppt? Ich möchte wirklich wissen, was daran besser ist?"

Der Professor starrte sie an, verblüfft über die Kühnheit ihrer Worte.

„Darin ist Wahrheit, kluge Schlange", sagte er, ihr fest in die Augen schauend, die ihm treu und aufrichtig schienen. „Man braucht das Weib."

„Und ich kann dir noch was sagen", fuhr sie halblaut fort, durch seinen Beifall sehr geschmeichelt.

„Nun, was?" fragte er, höchst gespannt.

„Ich war heute früh schon bei ihm. Er hantiert in seinem Laden umher wie immer, und von der ganzen Herrlichkeit gestern Nacht ist nichts als eine alte Briefmarke übrig geblieben."

„Gott, wie dumm ist das nun wieder!" rief der Professor, die Hände über dem Kopf zusammenschlagend, „wer wird je aus dem Weibe klug!"

„Wieso ist das dumm?" fragte sie ärgerlich. „Das ist doch ganz logisch."

„Wie?" rief er voll Hohn. „Das hast du auch schon gelernt? Dieses Wort hast du wohl gestern von der Spindeldürren aufgeschnappt?"

„Dann beweise mir, dass es unlogisch ist!"

„Nun, da hört aber wirklich alle Gemütlichkeit auf. Willst du auch Bleistiftbeine und einen hohlen Busen haben? Das kriegt man davon."

„Nein, mein einziger Jobst", rief sie erschrocken, „so war es doch nicht gemeint."

„So höre denn", sagte er einlenkend. „Ich schätze deine Klugheit und ich verzeihe dir deine Dummheit. Dass du den Hannickel draußen mit seiner Briefmarke auf der Stirn gesehen hast, das beweist gar nichts. Wir sind doch auch hier in der Brutgasse. Ist darum das, was heute Nacht geschah, vielleicht nicht wahr? Du siehst: mit Logik kommt man da nicht weit. Lass also lieber die Hände davon. Wohin sie eine Frau führt, siehst du an der Schulz. Weißt du übrigens, dass sie ihr Schicksal inzwischen ereilt hat?"

„Was denn?" rief Ambrosia, von alledem tief erschüttert. „Sie war ja eben noch hier im Laden."

„So, bei dir war sie, wollte dich wohl verderben? Nun, als sie aus der Brutgasse fuhr, hat sich an einem Wagen ein wildes Pferd losgerissen und ihren Wagen mitsamt dem Kutscher und einer sonderbaren Kreatur, die sie auf dem Schoß hielt, umgeworfen. Alle drei sind dem Schrecken erlegen; und weißt du auch, was dann mit ihnen geschah? Sofort tauchte der Rote auf mit zwei ebenfalls roten Dienern, nahm die drei Leichen auf und rief mir zu, er wolle sie an das Panoptikum verkaufen. Dort sollen sie einbalsamiert und als moderne Mumien aufgestellt werden. Solche Geschäfte treibt der Rote nebenher."

„Das ist ja ganz entsetzlich."

„Nicht so entsetzlich, wie du glaubst. Das ist die Logik des Lebens. Von der brauchst du aber nichts zu wissen, weil du sie in deinem gebenedeiten Leibe hast."

„Jobst", flüsterte sie zärtlich, „verzeih mir, ich will dir nun in allem folgen, aber du musst bei mir bleiben und mich führen. Ich bin ein hilfloses Weib."

„Dir ist das herrlichste Frauenschicksal bestimmt", sagte er feierlich, „du wirst heute Nacht drüben" — er deutete wieder auf die Rückwand — „den indischen Witwentod auf dem Scheiterhaufen sterben."

„Nein, nein", begehrte sie auf, „das tue ich auf gar keinen Fall, ich will leben … leben mit dir, geliebter Mann."

„Du weißt nicht, was du sagst, Dummerchen", erwiderte er zärtlich. „Du nimmst ja alle deine Schätze, einschließlich meiner Liebe mit dorthin, und morgen Abend, wenn es sich drüben belebt, wirst du bereits als die ewige Inhaberin eines geradezu feenhaften Freudenhauses amtieren, nicht weit vom Schwanenteich, wo wir heute Nacht so glücklich waren. Deinen Zwilling, unser Töchterchen, wirst du dort gleich von Jugend auf in den schönen Künsten der Liebe unterrichten, die du, hienieden leider zu spät kennen gelernt hast, während der meinige, der Bub, in einer Flasche auf dem Weltmeer wogt und seinen nach Unsterblichkeit ringenden Vater suchen muss. Sind er und ich aber erst glückliche Atlantiden geworden, dann kommen wir, unser gutes, altes Mütterchen besuchen, und wir werden dann ein Herz und eine Seele sein. Einverstanden?"

„O Jobst, ich will ja alles tun, was du verlangst. Du meinst es gut mit mir."

Sie umschlang ihn zärtlich, dann sagte sie vergnügt: „Und dass die Person in alle Ewigkeit mit ihrem Bankert und dem Bibo, der mir von Anfang an nicht gefallen hat, im Panoptikum stehen muss, das macht alles noch schöner."

„Es gibt Gerechtigkeit", sagte der Professor nachdenklich. „Du aber solltest doch nicht so lieblos sein. Gewiss war ihre Logik eine schwere Schuld, aber deine Dummheit, Täubchen, ist auch eine. Auch sie hat ja die Möglichkeit im Lauf der Zeiten wieder auszukriechen wie unsere Mumien; dann wird sie ihre Sünde gegen das Leben gebüßt haben und es besser machen. Nun, du wirst ja dort die Schule der Liebe noch einmal von der untersten Klasse an durchmachen! Was wirst du da alles lernen!"

„Verzeih mir, Jobst, ich sehe es ein, ich will nie mehr so lieblos sein."

„Dann verzeihe auch mir", sagte er, „denn auch ich bin sehr schuldig, meine letzte Rose."

Während beide sich noch umschlungen hielten, trat jemand in den Laden. Er warf seinen dunkeln Radmantel und Schlapphut ab, und vor dem Paar stand Se. Mirifizenz im Scharlachrock, sein Krönchen schräg auf dem dichten dunklen Haar. Es saß schon wieder ein neues Auge darin, wie ein Juwel.

„Lassen Sie sich nicht stören", sagte er, „ich schätze die Liebe, wo und in welcher Form ich sie finde. Sie ist das fruchtbare Prinzip."

Er ließ sich auf einem großen Voltairestuhl nieder, eines der besten Stücke im Laden.

„Ha, was sehe ich?" rief er plötzlich, „holla Wiedergeburt!" In diesem Augenblick kugelten die beiden Geschwülste bis zu seinem Sitz und riefen lebhaft:

„Papa, Papa!"

„Das ist ja vortrefflich", sagte er, „nun sind alle Schwierigkeiten leicht zu beheben."

„Sie glauben?" rief der Professor gereizt, „Sie ewiger ..."

„Bitte keine antisemitischen Anzüglichkeiten", wehrte der Rote ab, „ich wollte Ihnen ehrlich das Auge geben, denn ich bin lange genug auf dieser Welt, um zu wissen, dass ehrlich am längsten währt. Es ist nicht meine Schuld, dass Ihre Stirn das Auge nicht fasste, kurz, dass nicht Sie sind, dem es dieses Mal bestimmt war. Ich konnte auch nicht wissen, dass der Erwählte dicht dabei saß. Dergleichen geht über meine rein diesseitige Wirkungszone hinaus. Ich bin ausschließlich der Fürst dieser Welt. Aber ihr Narren wollt ja nun einmal das Jenseits. Damit habe ich nichts zu schaffen. Wie dem auch sei, das Auge gehört dem, in dessen Stirn es passt, und das war dieses Mal der alte Golo, alias Hannickel. Wenn ich mich überhaupt noch ärgern könnte, würde ich es tun, denn dieser Schleicher gehörte einst auch zu unserer roten Schar und verleugnet uns jetzt, der Judas, wenn Sie mir diese in meinem Fall etwas lächerliche Benamsung erlauben wollen. Nach meinem Urteil hätte das Auge Ihnen gebührt, aber Sie wissen ja, der da oben hat seine eigenen Maßstäbe."

„Sparen Sie sich Ihre Ausreden", sagte der Professor mit erstaunlich gewachsenem Selbstgefühl. „Ich betrachte es jetzt als ein Glück, dass mir das Auge entgangen ist. Ich gehöre nicht in Ihre rote Schar, an mir hängen schon genug, und zwar sehr dreckige Sünden. Und was nun der Hannickel mit dem Auge macht, kann mich auch nicht reizen. Die Klugheit eines Weibes hat mich sehend gemacht. Was hat er denn von seinem Affen mit dem Luftballon? Ich glaube nicht, dass er je nach Atlantis kommt, denn auch dort ist Erde, er aber geht auf der Milchstraße spazieren."

„Sie sind ja äußerst klug geworden, mein Lieber", sagte die Mirifizenz in unbehaglichem Staunen. „Wo haben Sie denn diese Weisheit her? Sie waren doch selbst ein Schüler dieses Spintisierers Hannickel."

„Ich habe es Ihnen ja schon gesagt, wer mir die Augen geöffnet hat, oder vielmehr das eine Auge, das mir das Leben ließ."

„Sieh da, sieh da, die Schlange, meine alte Muhme", spottete der Rote.

Ambrosia wünschte sich in ihrer Verlegenheit sieben Klafter unter die Erde.

„Geniere dich doch nicht, mein tapferes Weib", sagte der Professor, „blicke dem Herrn nur ins Gesicht."

Sie fühlte sich ermutigt und schaute Se. Mirifizenz mit unschuldigen Taubenblicken an. „Nun gut", sagte dieser. „Was hätte ich dagegen einzuwenden? Ich komme dabei nicht zu kurz, jedenfalls ist es ein ehrlicherer Handel als mit dem Verräter Golo, der sich mit seinem Affen in den Himmel einschleichen will. Und nun lassen Sie uns noch ein Wort wegen der Mumien sprechen."

Die beiden Geschwülste lagen erwartungsvoll zu seinen Füßen.

„Von Rechtswegen", fuhr Se. Mirifizenz fort, „gehören sie infolge unserer Abmachung mir, denn ich habe Ihnen das Auge vertragsmäßig übergeben. Dass es Ihnen dann entrissen wurde, geht mich nichts an. Der Preis ist also mein. Immerhin könnte man in Anbetracht der Sonderbarkeit des Falles von einem moralischen Anspruch Ihrerseits auf Entschädigung sprechen. Haben Sie einen Wunsch, den ich Ihnen erfüllen kann?"

„Papa, Papa, gib uns nicht wieder fort", riefen die Geschwülste einstimmig, „wir wollen doch jetzt erst anfangen, unser Leben zu genießen."

„Ich habe alles verloren, um viel zu gewinnen", sagte der Professor, „so seien denn auch diese beiden Erinnerungen ruhig preisgegeben. Nehmen Sie sie nur, und wenn Sie mir einen Wunsch erfüllen wollen, so erhalten Sie mir auch ferner Ihr Wohlwollen. Ohne Sie geht es nicht auf dieser Welt."

„Wohl gesprochen", sagte der Rote.

„Edler Mann", flüsterte Ambrosia zärtlich.

„Also kommt ihr beiden", rief der Rote, „kehrt mit mir in den fröhlichen Kreislauf des Lebens zurück, den ihr so lange entbehren musstet."

Die beiden Geschwülste schnellten sich behend und mit vergnügtem Lächeln auf seine Arme.

„Bitte hängen Sie mir meinen Mantel um und setzen Sie mir den Hut auf", sagte der Rote zu dem Paar. „Die liebe Ungeduld lässt mir, wie Sie sehen, keine Hand frei. An der Ecke werde ich wohl einen Wagen finden. Jetzt heißt es, meinen beiden lebensdurstigen Töchtern diese schöne alte Welt zeigen. Ihnen, Professor, wünsche ich alles Gute. Ich bin neugierig, was Sie noch alles anstellen werden. Wenn Sie auch nicht zu meiner roten Schar gehören wollen, so gehört Ihnen doch mein Wohlwollen. Ihnen, gnädige Frau, aber meinen herzliebsten Glückwunsch zu Ihrem heroischen Entschluss. Nehmen Sie weiter zu an Klugheit. Wenn Sie sich erst ein bisschen eingerichtet haben da drüben, werde ich manchmal in Ihrem Feenpalast vorsprechen ..."

Damit empfahl er sich und verließ den Laden. „Ein feiner Mann", sagte Ambrosia, als er gegangen war.

Das Paar verbrachte nun diesen Tag, wie Liebesleute solche letzten Tage zu verbringen pflegen. Sie kauften vom Besten ein und verzehrten und tranken es in wehmütiger Wonne in Ambrosiens

Gewölbe, dessen Laden und Tür heute geschlossen blieben, „Familienverhältnisse halber", wie auf einem angeklebten Zettel für die Kunden zu lesen stand.

Als es Mitternacht schlug, sagte der Professor: „Unsere Frist ist um, meine letzte Rose", schlug mit der Faust an die Alkovenwand über dem Bett — sein Daumen hatte übrigens inzwischen die allgemein menschliche Gestalt angenommen — und die Füllung fiel aus dem Loch heraus, durch das er in der vorigen Nacht hereingekommen war. Wie gestern schlüpften beide hinaus in den Liebesgarten, wie gestern in ihren griechelnden Nachtgewändern.

In der Mitte war bereits nahe dem Teich ein Scheiterhaufen errichtet, in dessen Innerem eine Flamme vernehmlich knisterte. Die Dämpfe wohlriechender Harze, wie Ambra und Myrrhen, erfüllten den ganzen Garten.

Ambrosien schlug ein wenig das Herz, aber sie schmiegte sich vertrauensvoll an den geliebten Gemahl. Um das dampfende Holz standen Liebespaare, wie gestern in etwas unordentlichen hellen Gewändern, und tauschten ihre Betrachtungen über das bevorstehende Schauspiel aus. Einige Zwerge richteten noch geschäftig das aufgeschichtete Holz.

„Mir ist jetzt ganz wohl zu Mut", flüsterte Ambrosia. „Aber sage mir nur eins, mein Jobst, warum gehst du nicht mit mir in den Witwentod?"

„Versuche mich nicht", erwiderte er, „folgte ich dem Gefühl des Augenblicks, täte ich es, aber mir ist Härteres bestimmt, außerdem wäre es dann kein Witwentod."

Inzwischen hörte man im Garten wieder das Chorlied anstimmen, das offenbar hier immer bei großen Gelegenheiten erscholl: „Heil sei dem schönen Tag, an welchem du bei uns erschienen. Didelum, didelum, didelum." Ein Fackelzug hatte sich gebildet und umringte das Paar. Ambrosia wurde feierlich zu ihrem letzten Gange eingeholt. Ein Hochgefühl überkam sie. Majestätischen Schrittes ließ sie sich geleiten. Vor dem Scheiterhaufen wendete sie sich noch einmal um und rief: „Ade du schöne Welt", dann fiel sie schluchzend ihrem Professor um den Hals, stieg auf den Holzstoß — und erwachte.

Sie lag in ihrem Alkoven. Es war früher Morgen. Vor ihr stand der Professor, ihre Hand zum Abschied fassend. Er trug wieder seine blaue Bluse mit dem schwarzen Ledergürtel.

„Lebe wohl. Geliebte", sagte er. „Du hast dir nun die Seligkeit verdient, die mir noch so fern ist. Heute Abend wirst du allein durch das Loch schlüpfen und drüben alles so finden, wie ich es dir verheißen habe. Wenn aber neun Monate um sind, dann vergiss die Flaschenpost nicht ..."

Sprachs und trat hinaus auf die Gasse. Dort im frühen Morgengrauen murmelte er vor sich hin:

„Gottlob, dass alles so gut vorübergegangen ist, nun heißt es aber auch für mich ernst machen. Milchstraße, Scheiterhaufen, Panoptikum, alle diese Wege führen aus der Welt hinaus, der Weg nach Atlantis aber führt durch dieses Leben hindurch."

Er verließ die Stadt und wanderte einige Tage, bis er in die nächste Hafenstadt kam. Dort ließ er sich als Matrose heuern.

Adams Wanderung mit der Schlange

I

Jeder weiß, dass die Menschen Menschen sind, aber nur wenige wissen, dass sie außerdem noch in anderen Welten leben, oder weiß das am Ende nur Adam Korn, ein hervorragender und seiner Zeit viel genannter Mann, dem eines Morgens, als es ihn gerade anwandelte, über die Unsterblichkeit der Seele nachzusinnen, folgendes begegnete:

Sonntags pflegte er sich schon seit langem aus seiner anspruchsvollen Welt zurückzuziehen, und das war das Mittel, sie überhaupt nur zu ertragen. Er machte sich in der Frühe auf, nahm ein Brot samt etlichen dürren Zwetschen und ein Musikdöschen mit, das er noch als einzige Erinnerung an seine alte Großmutter besaß. Es spielte: „Kennst du das Land?", „Wir gehn nach Lindenau" und „Die Seele schwinget sich wohl in die Höh juchhe." Adam kannte am Waldrand eine Moosbank neben einem murmelnden Bach; dort war sein Standquartier. Er streckte sich aus, blickte in den Himmel, und nichts fand er schätzbarer, als wenn die alte Musikdose, unter dem üppigen Waldgras versteckt, Mücken und Käfern ihr feines Dideldumdei zum Besten gab. Nun genoss er wieder alles, was das Herz begehren konnte, und was ihm seit den Träumereien seiner Kindheit abhanden gekommen war. Er hatte nie bemerkt, dass diese lieblichen Konzerte längst einen stillen Zuhörer gefunden hatten, und zwar in Gestalt eines zierlichen weiblichen Wesens, das bisweilen sein Köpfchen aus dem Bach hervorstreckte.

Heute war nun offenbar ein besonderer Tag. Das Wesen wagte es, aus dem Bach hervorzuspringen, sich unbekümmert darum, dass es völlig unbekleidet war, vor Adam Korn zu setzen und zu sagen:

„Erblicke in mir die Königin der Forellen."

„Sehr angenehm", erwiderte Adam, nicht übermäßig erstaunt, denn er war einer von denen, welche derlei Begegnungen als Kinder öfters gehabt haben.

„Ich bin bereit", fuhr die kleine Majestät fort, „Sie heute an meinem Hof zu empfangen, die Kühle in meinen Gemächern wird Ihnen an einem so heißen Tag wohl tun."

„Danke für die hohe Ehre", erwiderte Adam, „es wird wohl nicht stören, wenn ich vorher noch ein wenig schlummere."

„Wie Sie wollen", sprach die Königin artig, „das erleichtert sogar das Einführungszeremoniell wesentlich."

Das alles wird vielen, die ihre Kindheit vergessen haben, höchst verwunderlich erscheinen, aber es kommt noch besser.

Adam Korn also schlief ein, und es dauerte nicht lang, da befand er sich ohne jede Schwierigkeit auf dem Grund des Baches. Was sich oben wie Murmeln angehört hatte, klang unten genau wie Musik, nur dass natürlich ihm ganz unbekannte Stücke gespielt wurden. Was von oben wie bunte Kiesel aussah, das waren bequeme, seidebezogene Polster, auf denen die königliche Familie Platz genommen hatte. Ihre Majestät, die ihr eigener Obersthofmeister und Zeremonienmeister war, stellte vor: „Fiorillo, der X-hoch Unendliche, mein verehrter, schwachsinniger Vater, für den ich selbst bis zu meiner erst vorgestern stattgehabten Krönung die Regierung geführt habe. Refollo, mein lieber naseweiser Bruder, und Refolla, meine stets verliebte Schwester. Das ist der engere Kreis der königlichen Familie. Nun kommen die geliebten Onkel und Tanten, zunächst Firullo und Firulla. Sie leben in unglücklicher Ehe. Hier ihr Sohn, ein vielseitig begabter Nichtsnutz."

„Wenn ich mir eine Zwischenbemerkung erlauben darf", unterbrach Adam die Vorstellung, „so machen sich Ew. Majestät keine weitere Mühe. Ich kann mir von selbst denken, wie das weiter geht: Jetzt kommen wahrscheinlich Forollo und Forolla, dann zur Abwechslung womöglich noch Furullo und Furulla, ganz von den mit Ypsilon gebildeten Varianten zu schweigen."

„Ich bin starr", sagte die Königin, „wie Sie das wissen können. Nie sind Sie bei uns gewesen, und wenn auch, wie man mir versichert hat, die von Menschen geschriebene Naturgeschichte das vornehme Geschlecht der Salme voll würdigt, dem auch wir Forellen angehören, so kennt doch kein menschlicher Gelehrter unsere persönlichen Namen. Was sind Sie denn für ein Wundermann?"

„Wir Menschen", erwiderte Adam überlegen, „oder wenigstens einige von uns wissen mancherlei, was nicht in den Büchern steht."

Und mit dieser Bemerkung gewann er in dem Bach Oberwasser. Er sah sich nun umringt von dem ganzen Hofstaat, und was von oben wie Fische aussah, hatte hier, gleich der Königin, ein durchaus menschliches Aussehen: es waren lauter seltsame kleine Wesen in silbernen Gewändern mit roten Pünktchen. Sie hätten für hübsch gelten können, wären nicht die Münder unverhältnismäßig groß gewesen. Man setzte sich zu Tisch, aber die ungewohnte Fleischkost behagte Adam wenig, der wie so mancher besinnliche Mensch zum Vegetarismus neigte. Es gab nämlich nichts als Insekten, Würmer, ja sogar kleine Fischchen, was Adam im stillen kannibalisch fand, aber alles war rein gewaschen und appetitlich angerichtet, das musste man sagen. Tante Furulla, die weit herumgekommen war und behauptete, den großen, im Rhein laichenden, aber in der Nordsee residierenden Onkel Salm, sowie seine Kinder Salmeron und Salmi von Angesicht zu Angesicht gesehen zu haben, begann bei Tisch mit Adam ein schöngeistiges Gespräch:

„Sie sind Orgelbauer?" fragte sie zuvorkommend.

„Nun ja, wenn Sie es so nennen wollen, Hoheit", erwiderte Adam.

„Wir letzen uns jeden Sonntag an Ihrem herrlichen Spiel", fuhr die Matrone in ihrer gewählten Sprache fort.

„Ich ahnte nicht", wollte Adam gerade sagen, als plötzlich die ganze Atmosphäre in größte Bewegung geriet und sich verfinsterte. Das Wasser wogte, Schlamm ward aufgewühlt, die schön besetzten Tafeln wurden umgerissen, der ganze Hofstaat erhob sich, und als sich die Trübheit wieder ein wenig zu setzen begann, da erblickte man eine ungeheure schwarze Schlange, die sich quer durch das ganze zierliche Fest hindurchgelegt hatte.

„Fürchten Sie bitte nichts, Herr Korn", sagte die Königin, „es ist unsere Muhme, die Urschlange. Sie tut nichts Böses, es ist nur schade, dass sie gerade heute kommen musste. Ihre Sitten stammen aus dem vorletzten Jahrtausend, während wir doch endlich in dem anmutig zivilisierten Zeitalter der Aufklärung, diesem erleuchteten 18. Jahrhundert angekommen sind."

„Zwanzigsten", verbesserte Adam, aber die Königin beharrte darauf, dass sie und ihr Reich im 18. Jahrhundert lebten.

„Trotzdem", fuhr sie fort, „brauchen wir die Urschlange wie das liebe Wasser. Sie ist unser A und O."

„A und O", rief der gesamte Hofstaat in tiefer Ergriffenheit. Alle beugten sich fromm bis fast auf den Boden, und der Chor flüsterte unzählige Male:

„A und O."

Adam merkte sofort, dass dies ein Gottesdienst war, und um nicht Ärgernis zu erregen, beugte er sich auch nieder und flüsterte feierlich: „A und O". Zu seinem eigenen Staunen fühlte auch er sich tief ergriffen.

In diesem Augenblick bemerkte ihn die Schlange und wendete sich zu ihm.

„Söhnchen, du hier, wie hast du in die Träume deiner Kinderzeit zurückgefunden?" fragte sie mit einer dunklen Altstimme.

„Das weiß ich ebenso wenig", erwiderte Adam, „als ich weiß, wie es weiter gehen soll."

„Das lass meine Sorge sein", antwortete die Schlange in warmem mütterlichen Ton, „du kannst mich übrigens Koruna nennen, denn auch du stehst unter meinem Schutz."

„Ich weiß es zu würdigen", sagte Adam.

„Das weißt du noch nicht", versetzte Koruna, „aber du wirst es bald wissen."

Dann wendete sie ihren schwarzen Kopf zu dem Hofstaat und fragte wohlwollend:

„Nun Kinder, übt ihr euch fleißig im Wohlgeschmack?"

„Von ganzem Herzen", rief die Königin für alle, „recht wohlschmeckend zu werden ist unser tiefstes Trachten, damit wir nach dem Tod der Seligkeit der weißen Sauce mit Kapern oder der zerlassenen heißen Butter teilhaftig werden, auf deren sanften Wogen wir eingehen wollen in das geheimnisvolle Innere des Menschen."

Adam Korn wässerte der Mund, obgleich er doch Vegetarier war, aber so schwach ist der Mensch.

„Ich bin mit euch zufrieden", bemerkte Koruna, „bereitet euch weiter auf den ewigen Kreislauf vor.

„Und du, Söhnchen, wie steht es mit **deinem** Seelenheil?" wendete sie sich an Adam.

„Ich fürchte, ich bin nicht sehr wohlschmeckend", versetzte Adam Korn etwas verlegen, „und selbst Kapernsauce kann daran nicht viel ändern".

„Dir liegt auch eine ganz andere Aufgabe ob", begütigte die mütterliche Koruna. Bei diesen Worten der Schlange hätte man die ehrfürchtigen, auf Adam gerichteten Blicke des Hofstaates sehen sollen. Ein Geschöpf, das von der schweren Aufgabe befreit war, für ein anderes, höheres Wesen wohlschmeckend zu werden, war ihnen noch nicht vorgekommen.

„Was ist denn seine Aufgabe, Tante?" unterbrach die neugierige Refolla das Schweigen.

„Frage ihn selbst", gebot die Schlange.

„Was ist Ihre Lebensaufgabe, Herr Adam?" wollte das wissensdurstige Mädchen hören.

„Holdselige Unschuldsforelle", antwortete dieser, „der grundlegende Unterschied zwischen uns Menschen und euch Tieren ist der, dass ihr alle ganz genau wisst, was ihr zu sein, zu tun und vorzustellen habt, wir aber wissen das von uns nicht. Aus diesem Grund pflege ich Sonntags an den Bach zu kommen und über die Unsterblichkeit der Seele nachzudenken, was unter Begleitung meiner Musikdose, ich wollte sagen, meiner Orgel, ganz besonders gut geht."

„Nicht möglich, nicht möglich", riefen einige Personen des Hofstaates durcheinander, „wir dachten immer, ihr Menschen wisst alles besser als wir, und wenn wir eines Tages in euer Inneres eingehen, würden wir eurer Weisheit teilhaftig."

„So ist es auch", bestätigte Adam, „wir Menschen wissen wirklich alles das besser, was uns eigentlich nichts angeht. Was uns aber selber betrifft, was wir sind, was wir tun und besonders was wir vorstellen, das wissen wir nie oder höchstens ganz schattenhaft."

„Eine schöne Bescherung" ließ sich plötzlich der alte schwachsinnige König Fiorillo vernehmen, der bisher geschwiegen hatte.

„Hören Sie nicht auf ihn", flüsterte die Königin, „ihm genügt es, wenn er manchmal eine Zwischenbemerkung machen darf, die wir mit stummer Ehrfurcht aufnehmen, ohne dass jemand darauf einzugehen braucht. Erzählen Sie uns jetzt bitte weiter; das muss ja schrecklich interessant sein, wenn man so gar nichts von sich weiß und gern darüber etwas wissen möchte. Wir Forellen wissen nämlich alles, was uns betrifft, und das ist auf die Dauer höchst langweilig. Darum sehnen wir uns danach einmal etwas zu hören, was uns ganz und gar nichts angeht. Sagen Sie uns doch so etwas. Was gibt es überhaupt alles außerhalb des Baches?"

„Nichts, nichts, was euren Wohlgeschmack irgend verbessern könnte."

Mit diesen etwas drohend geäußerten Worten schnitt die Schlange das Gespräch plötzlich ab. Dann äußerte sie den Wunsch, mit Adam einige Worte allein zu sprechen. In unterwürfigem Gehorsam zogen sich der Hofstaat und die Königin ein Stück bachabwärts zurück.

Die Schlange aber sprach also zu Adam: „Es ist lange her, Söhnchen, dass wir uns nicht begegnet sind."

„Es tut mir leid, hochverehrte Dame", erwiderte Adam, immer mehr eingeschüchtert, „ich habe ein schwaches Personengedächtnis."

„Nun, es ist verzeihlich", begütigte Koruna, „denn es sind gegen zehntausend Jahre her; aber nun denke einmal ein wenig nach. Es war im Garten Eden, du bist damals noch erheblich einfältiger gewesen als heute und schobst dein von Haus aus viel klügeres Weib vor, damit ihr von mir etwas über euch erfahren könntet."

Plötzlich durchfuhr es Adam wie ein Blitz. „Allmächtiger Gott", rief er aus, „wie lange habe ich doch daran nicht gedacht, der Apfel, der Apfel."

„Ja, der Apfel", antwortete Koruna etwas spöttisch, „heute würdest du doch wohl etwas herzhafter hineinbeißen als damals."

„Es war uns verboten", entschuldigte sich Adam.

„Ja, aber dein klügeres Evchen scherte sich den Teufel darum."

„Ja, den Teufel ...", sagte Adam nachdenklich.

„Hör mal, Söhnchen", flüsterte Koruna, „komm einmal ganz dicht zu mir heran."

Dem Hofstaat, der in der Ferne zuschaute, schien, als ob Adam, der große Mensch, immer kleiner würde; dazu vor der ihnen so vertrauten Tante Koruna. Als er sein Ohr dicht an ihren Kopf geneigt hatte, sagte sie leise:

„Was ich zu Eva gesagt habe, darüber habt ihr beide zu wenig nachgedacht, euch vielmehr an das Verbot eines grämlichen Götzen gehalten, der damals noch lebte. Er wollte nicht, dass ihr durch Erkenntnis ihm ähnlich würdet. Zur Strafe dafür ist er nun tot, während du, der Mensch, und ich, die Schlange, ewig leben."

„Du sagtest zu Eva einen Spruch, der unserem Verständnis zu dunkel war", erwiderte Adam.

„Nun, wie lautete er?" fragte Koruna, „erinnerst du dich noch?"

„Du sagtest", versetzte Adam, dessen Gedächtnis mehr und mehr erwachte, „wir würden wie die Götter werden, wenn wir das Gute und das Böse wüssten."

„Siehst du, siehst du", erwiderte die Schlange versucherisch, „nun seid ihr doch wie Götter, meine Kinder."

„Weit gefehlt", gestand Adam.

„Aber ihr wisst doch nun das Gute und das Böse?"

„Wir wissen es, aber können nichts damit anfangen. Wir haben es in Begriffe eingesperrt, und nun merken wir, dass man damit keinen Hund hinter dem Ofen hervorlocken kann. Darum habe ich mich, wie einst als Knabe, Sonntags, wenn ich nicht durch meine Arbeit geplagt war, die ich als Strafe für den Apfelbiss tun muss, an den Bach gelegt, in der Hoffnung, dass mir dort einmal ein neues Licht aufginge."

„Da hast du recht getan. Söhnchen, du bist deinen Lebensweg weit genug gegangen. Entweder musst du nun erstarren oder zurückgehen in die Kindheit, von wo du einst ausgegangen bist. Aber dass du mir beileibe nicht wieder ein einfältiges Kindlein wirst. Die alte Spieldose kann dir nicht weiter helfen, auch nicht die durch sie angeknüpfte vornehme Bekanntschaft mit dem Forellenhof."

„So belehre du mich weiter", antwortete Adam überzeugt.

„Gern, aber dann musst du bereit sein, in meiner Gesellschaft dein ganzes Leben noch einmal durchleben."

„Um Gottes willen", schrie Adam, „nur das nicht noch einmal. Wenn ich über etwas froh bin, dann ist es das Bewusstsein, dass meine großen Torheiten vermutlich hinter mir liegen."

„In meiner Gesellschaft sehen die Dinge anders aus, das Gute verliert seine Langweiligkeit und das Böse seine Qual. Du wirst von einer Gestalt in die andere schlüpfen, die Kräfte verstehen, die dich bewegt haben, die Gestalten erkennen, die urvergangenen, aus denen immer wieder das Kommende geboren wird."

„Nun, das lässt sich hören", meinte Adam.

„So halte dich bereit", fuhr die Schlange fort, „erwarte meine Abgesandten. Folge ihnen mutig, auch wenn du mich nicht siehst, mögen sie auch nicht immer verlockend aussehen. Ich bin immer in deiner Nähe, und von Zeit zu Zeit wird dein Blick mich auch erkennen, aber mache dich darauf gefasst, dass es nicht so heimlich und lustig zugehen wird wie bei den Forellen, so wie ja auch dein Leben nicht immer heimlich und lustig gewesen ist."

Adam beobachtete noch, wie die Schlange sich zu den Forellen zurückwandte und ihnen wiederum als ihr oberstes Lebensgesetz einprägte: „Werdet wohlschmeckend für den Menschen."

Er aber wusste nun, dass auch seiner noch eine wenn auch andere Aufgabe harrte. Als er aufwachte, fühlte er eine ungewohnte Zufriedenheit in sich. Er aß seine letzte Zwetsche, steckte die Spieldose in die Tasche und ging in heiterer Nachdenklichkeit nach Hause, von seinem Sonntag sehr erbaut.

II

Im Lauf der Woche war Adam so zu Mut, als ob die Reihe seiner beschaulichen Sonntage am Bachufer nun zu Ende sei. Das war schade, aber es schien ihm ein bisschen lächerlich mit seinem alten Musikdöschen vielleicht der Hoforganist der Forellenkönigin zu werden. Als daher der nächste Sonntag kam, beschloss er, das Instrument zu Hause zu lassen und, die Taschen voll Zwetschen, eine kleine Wanderung anzutreten. Gegen Abend, als er schon an die Heimkehr dachte, betrat er einen altertümlichen, dämmernden Klosterhof. Er sah sich um, in der Befürchtung, vielleicht als

Eindringling hinausgewiesen zu werden, als er in einer Ecke einen alten Mann gewahrte, der ihm freundlich winkte, ihm über eine Treppe auf einen Söller zu folgen. Zu seinen Füßen sah er nun die lichte, abendliche Welt. Das von einem weißen Bart umgebene Gesicht des Alten war sehr hell, ohne indessen bleich und krank zu wirken. Der Alte musterte ihn und sagte:

„Du bist noch nicht alt, du hast da draußen noch mancherlei zu tun."

„Aber was?" fragte Adam. „Mein Leben ist kein Tun mehr. Alles läuft von selbst, und wenn es nicht mehr liefe, so wäre es mir auch recht."

Als beide Männer in den Klosterhof zurückgestiegen waren, bemerkte Adam, mitten in den Steinboden eingelassen, eine dunkelrote, leuchtende Scheibe, wie ein düsteres Gegenbild der Sonne. Sie verschwand indessen bald, eine schwarze Öffnung wurde sichtbar und Adam folgte dem Alten über eine lange hängende Treppe ohne Geländer in einen tief gelegenen dunklen Raum, der voll von steinernen Sarkophagen war. Adam sagte, sehr betreten: „Das alles, so alt und ehrwürdig es sein mag, kenne ich. Es ist Menschenwerk. Längst trachte ich nach etwas anderem."

Nun führte ihn der Alte über einen abschüssigen Gang noch tiefer, und sie gerieten in eine Erdhöhle. Ein heißer, herber Gestank kündete die Nähe von Raubtieren an. Plötzlich befanden sie sich umwimmelt von großen, behaarten Geschöpfen.

„Sind es Bären, Wölfe oder große Hunde, ich kann es in der Finsternis nicht unterscheiden", wendete sich Adam an den Alten, und er staunte selbst, dass er ohne eigentliche Angst war. Der Alte zündete einen Wachsstock an, und Adam schien dass das bärtige Gesicht des Alten ganz dunkel geworden war. Das Gewölf drängte sich an sie heran, ohne aber Angriffsabsichten zu verraten.

„Wir müssen hier übernachten", sagte der Alte ruhig. Adam erschauerte, er glaubte, längst Vergangenes wieder zu erleben und sieh seltsamere Träume zu erinnern, die er als Kind gehabt, ehe er noch ein Buch gelesen hatte, die aber nicht so lieblich waren wie seine späteren Forellenträume.

„Ich habe mein Leben lang die Weisheit dieser Welt gesucht", sagte er zu dem Alten, „aber jede Erkenntnis entrann mir, wenn ich sie zu erfassen glaubte. Jetzt suche ich nur noch Ruhe, aber wie soll ich sie an diesem schauerlichen, stinkenden Ort finden?" Dann legten sich beide nieder und schliefen zwischen den tief atmenden Tieren.

Adam erwachte früh. Durch eine kleine Öffnung in der Wand fiel ein Sonnenstrahl auf die behaarten Rücken seiner Schlafgenossen.

Der Alte war schon wach, er saß aufrecht auf dem Boden, sein Antlitz hatte wieder die lichte Farbe, die es gehabt, als er auf dem Söller stand. Adam fragte:

„Kannst du mich weiter führen?"

Inzwischen waren einige junge Wölfe erwacht. Sie jagten in den Gang, durch den Adam mit dem Alten am Abend vorher gekommen war. Beide Männer folgten dem Rudel in den Klosterhof. Während die anderen dort spielten und jagten, löste sich einer der Wölfe von dem Rudel ab. Adam und der Alte folgten ihm durch einen noch dunklen, frühmorgendlichen Tannenwald. Bald erkannte Adam in einer sonnigen Lichtung ein mächtiges, weißes Schloss.

Der Wolf blieb stehen und blickte sich nach Adam und dem Alten um, aber Adam sagte sofort: „Nein, auch dorthin will ich nicht, mein Sinn steht nicht mehr nach romantischer Schwelgerei."

Der Alte nickte beifällig und wies auf einen mit Zweigen bedeckten Ziehbrunnen, vor dem der Wolf stand. Adam wusste sofort, dass er dort hinunter musste. Er schob die Zweige weg. An einem starken Haken hing ein Eimer. Adam stieg hinein, und der Alte ließ ihn vorsichtig und langsam durch den gemauerten, runden Schacht hinab. Zwischen den Steinen wucherte feuchtes, grünes Pflanzenwerk, von fettem Gewürm bewohnt. Unten auf dem Grund stand niedriges, sumpfiges Wasser. Mitten darin aber gewahrte Adam ein großes, weißes Ei. Von dem Eimer aus konnte er es gerade berühren. In diesem Augenblick barst die Schale, ein unruhig flatternder, missfarbiger Vogel brach heraus. Adam fühlte sich ganz klein werden, sprang dem Vogel auf den Rücken und wurde durch den Schacht wieder emporgetragen. An dem Brunnenrand warteten der Alte und der Wolf.

Nun folgten der Alte, Adam und der Wolf dem Vogel, der durch sonnigen Laubwald flog und von Zeit zu Zeit auf den

Baumästen die Fußgänger erwartete. Am Ende des Waldes lag mitten in grünen Matten ein kleines Dorf mit einer bescheidenen Bauernkirche.

Der Vogel, der anfangs ein unentschieden graues Gefieder gehabt hatte, war nun ganz weiß geworden. Er setzte sich auf die zwiebelförmige Spitze des Kirchturms. Adam und der Alte verstanden, dass sie nun in die Kirche gehen sollten. Sie traten ein, aber der Wolf, der ihnen nicht folgen durfte, wartete draußen. Vor dem vergitterten Altar schaute Adam den Alten fragend an:

„Längst bin ich kein Christ mehr", sagte er, „aber mir scheint, dass wir hier doch niederknien sollten."

„Besser ist es", antwortete der Alte, „sich einmal mit dem Gekreuzigten selbst zu unterreden, ihn zu fragen, was er uns heute noch bedeuten kann."

Kaum waren diese Worte gesprochen, da regte sich der holzgeschnitzte Christus, der Leib wand sich, blähte sich, sank in einen Haufen blutigen Fleisches zusammen und versank im Boden.

Adam graute, als habe er einer sich in wenigen Augenblicken vollziehenden Verwesung beigewohnt. Da gewahrte er, wie sich kaum merklich das leere große Kreuz zu ihm beugte. Erst wollte er ihm ausweichen, dann aber blieb er stehen und ließ es geschehen, dass sich das schwere Kreuz auf seinen Rücken senkte.

„Ich muss seine Last forttragen", sagte Adam.

Der Alte nickte. Beide Männer wendeten sich zur Kirchentür. Draußen hatte geduldig der Wolf gewartet. Er trat nun an Adams, des Kreuzträgers, linke Seite, während zur rechten der Alte ging. Der Vogel war verschwunden.

So kamen sie bald wieder in einen Tannenwald. An einem Stamm hing ein kindliches Bild der Muttergottes. Adam nahm das Kreuz vom Rücken und lehnte es an den Baum, der das Bild trug. Sofort schlug das Kreuz Wurzeln und wurde wieder ein Baum unter den Bäumen des Waldes, wie es einst vor Jahrtausenden einer gewesen war. Die Mutter Gottes aber lächelte ihm zu und reichte ihm in einem Körbchen das Kind herab.

„Wir müssen es mit uns nehmen", sagte Adam zu dem Alten. Nun geht der Alte voran, dann folgt Adam, der Wolf trägt das Körbchen mit dem Kind im Maul, und hinter ihnen folgt die Schlange

Koruna, die aus dem Wald hervorgekommen war und sich schweigend den andern zugesellt hatte. So zogen sie ins Ungewisse hinaus.

III

Sie drangen nun immer tiefer in den Wald ein. Da sahen sie im Nachmittagslicht auf einem Baumstamm, das Kinn in die Hand gestützt, einen etwa vierzigjährigen bärtigen Mann in mittelalterlichem Wams sitzen, in tiefes Sinnen versunken, offenbar ein Ritter, der seine Rüstung abgelegt hatte. In schweigender Verwunderung blieben die Ankömmlinge stehen. Nach wenigen Augenblicken sagte der Ritter, er habe sie erwartet, und forderte sie auf, mit ihm in seine nahe Wohnung zu kommen, die sich in einer alten verlassenen Mühle befand.

Dort lebten sie nun alle zusammen, als sei es ihnen seit alters so bestimmt gewesen. Die Schlange suchte Beeren und nahrhafte Kräuter, der Wolf jagte das Wild. Der Alte, der Ritter und Adam führten nachdenkliche Gespräche und erzogen zusammen das heranwachsende Kind. Gegen Abend kamen immer Scharen von großen Vögeln, die sich auf der Mühle und den nahen Bäumen niederließen und dort die Nacht über schliefen.

So gingen einige Jahre hin. Das Kind wuchs heran im Spiel mit Wolf und Schlange, der Ritter wurde immer grauer. Eines Tages sagte der Alte zum Ritter, er dürfe hier nicht sein Greisenalter abwarten, sondern müsse nun noch einmal hinaus in die Welt gehen. Der Ritter folgte willig, als habe er es nicht anders gewusst, und eines Morgens scheidet er nun von der Mühle und überlässt sie den andern. Er schweift durch die Wälder. Plötzlich merkt er, dass er das Kreuz auf dem Rücken trägt. Wo aber ist Adam geblieben?

Adam erkennt, dass er und der Ritter eins sind. Er schweift weiter und kommt wieder zu der kleinen Bauernkirche. Er tritt ein, dieses Mal allein, und errichtet das Kreuz wieder an der alten Stelle. Dort soll es wieder stehen für alle die, welche seiner bedürfen. Er aber atmet erleichtert auf, denn er hat eine große Aufgabe erfüllt. Er hat das Kreuz auf sich genommen und zurückgegeben, nun verlässt er die Kirche. Auf der Turmspitze sitzt wieder der weiße Vogel, als habe er auf dies alles gewartet. Wieder fliegt er Adam voraus. Er führt ihn in die goldene, abendlich besonnte Welt. Wieder vergehen einige Jahre. Eines Tages fühlt Adam, dass er sich noch einmal verwandelt. Er wird eins mit dem Vogel. Nun kann er den Himmel durchfliegen, und als es Abend wird, gesellt er sich zu einer Vogelschar, die zum Walde strebt. Dort lassen sich die Vögel zur Nachtruhe auf den Bäumen nieder. Adam erkennt die Mühle. Die Vögel verweilen auf den Bäumen ringsum, wie sie allabendlich getan, als Adam noch dort lebte. Adam tut wie sie. Aus seinem Versteck kann er durch ein Fensterchen in die Mühle schauen. Dort schläft der Knabe zwischen dem Alten und der Schlange. Der Wolf ist längst wieder zu den anderen Wölfen in ihre Grube zurückgekehrt.

Alle Vögel schlafen in den Bäumen um die Mühle, die Köpfe unter den Flügeln. Nur Adam wacht. Da sieht er, wie ein satyrartiger Teufel lauernd um die Mühle schleicht. Es scheint, als erspähe er eine Gelegenheit, den Knaben zu rauben. Adam erschrickt bis in die Tiefe seines Herzens.

Laut flattert er herab und stellt sich vor die Tür der Mühle, um den Eingang gegen den Teufel zu verteidigen. Dieser weicht etwas zurück und schlägt ein gellendes Lachen an. Adam denkt: „Ich habe das Kreuz überwunden. Sollte ich nun nicht auch den Teufel überwinden können? Dann brauche ich ihn nicht mehr zu fürchten."

Er kennt den heimlichen Riegel der Tür. Er öffnet sie, winkt dem Teufel freundlich zu. Dieser tritt ein, nimmt den Knaben zwischen den Schlafenden, dem Alten und der Schlange, weg, verbeugt sich vor Adam plump und bieder und verschwindet mit seinem Raub im Wald. Nun übernimmt der Teufel selbst die weitere Erziehung des Kindes. Es wird vieles zu lernen haben.

Als der Alte und die Schlange am Morgen erwachen und den Knaben nicht mehr sehen, blicken sie sich bedeutsam an. „So musste es kommen", sagt der Alte. Die Schlange aber beschließt, dem Räuber heimlich nachzukriechen, denn sie kennt seine Schliche. Sie gelobt dem Alten, dem Knaben Pflegerin, Lehrerin, Freundin zu sein, denn der Teufel ist dumm. Der Alte aber bleibt nun allein in der Mühle zurück. Was aber wird aus Adam?

IV

Der Teufel beschloss, den Knaben zu einem kleinen Satyr zu erziehen.

Der Knabe belauerte eines Abends eine am Waldrand schlafende nackte Hirtin. Mächtig, ithyphallisch, stand er auf seinen zottigen Bocksbeinen vor ihr, aber sie lachte ihn aus mit silberhellem Gelächter, das nichts zu fürchten schien. Er wusste nicht, was er tun sollte, während er verlegen, in gespanntester Erregung, vor ihr stand. Als das Gelächter der Hirtin über das junge Ungetüm immer ärger wurde, kehrte es beschämt zu seinem Pflegevater heim und klagte ihm sein Leid. Auch der Teufel lachte und sagte: „Dies ist der Weiber Art. Sie wollen mit Gewalt genommen sein."

Der Knabe wurde nachdenklich und legte sich unter einen Strauch. Gerade so, wie sein kluger Pflegevater meinte, hatte er es ja machen wollen, von seinem Erzieher schon lange auf diesen Augenblick vorbereitet, aber es war missglückt. Er war ausgelacht worden. Die Hirtin schien sich nicht ein bisschen vor ihm zu fürchten, während doch der Teufel ihm empfohlen hatte, sie in ihrer Angst zu überwältigen. Sollte sein Lehrer doch nicht unfehlbar sein?

Da raschelte neben ihm im Gras die Schlange und flüsterte: „Gehe morgen Abend wieder an den Waldrand. Mache dich lieblich, umkränze deine Hörnlein mit Narzissen, verhülle den hässlichen Phallus mit Blattwerk, strecke dich neben die Hirtin hin, flüstere ihr süße Schmeichelworte ins Ohr und warte ab, was dann geschieht."

Am folgenden Tag tat der Knabe wie ihm die Schlange geraten. Die Hirtin lachte nicht mehr, sie lächelte nur noch, und wie betäubt sank sie in die Arme des Schmeichlers. Den Knaben überwältigten plötzlich in ihm aufsteigende Gefühle derart, dass ihm vor Zittern einen Augenblick seine gestern so sichere Mannheit versagte. Dann aber fand er sich schnell wieder und erreichte das höchste Ziel seiner Wünsche in trunkener Entrücktheit.

Als er in der Morgenfrühe zu seinem Lehrer zurückkam, fragte dieser lachend, ob er es nun recht gemacht habe. Der junge Satyr lachte gleichfalls und sagte: „Ja, ja", als habe er endlich seinen Lehrer verstanden. Er schämte sich aber zu sagen, dass er es ganz anders angefangen hatte, als dieser ihm geraten, dass er zärtlich geworden sei, denn davon verstand der Teufel offenbar nichts.

Am folgenden Nachmittag wurde der junge Satyr traurig. Er konnte die Stunde nicht erwarten, wann er zu seiner Geliebten zurückkehren würde, und ihm schien, als bedeute ihm die Welt nichts mehr ohne sie. Ach, wenn er doch immer bei ihr hätte bleiben können, ohne zu seinem Pflegevater zurückkehren zu müssen, den er bisher so bewundert hatte und der ihm nun ganz langweilig und leer erschien. Der Teufel aber beschlich ihn, schmeichelte seiner siegreichen Männlichkeit und sagte, es gäbe noch viele und schönere Hirtinnen, und mit jeder treibe ein rechter Mann das Spiel nur einmal. Das Herz des Knaben blutete, als er dies hörte, aber da wies sein Erzieher auf einen Bach, in dem zwei Hirtinnen badeten. Neugierig ging der Knabe hin; um vor seinem Pflegevater zu bestehen, tat er, wie dieser geraten hatte.

V

Wieder sind einige Jahre vergangen. Die Schlange flüstert dem jungen Satyr zu:

„Die Tochter des Königs hat dein Spiel mit den Hirtinnen belauscht, sie liebt dich glühend. Willst du es nicht mit ihr versuchen? Hier ist ein Einladungsbriefchen von ihr."

Der Satyr denkt: „Es muss etwas Großes sein um die Liebe einer Prinzessin."

Er folgt der Schlange ins Königsschloss. Diener empfangen ihn, führen ihn in ein Bad, Mädchen besprengen ihn mit Düften, hüllen ihn in ein feines Gewand und bekränzen ihn mit Rosen. Als er vor die Prinzessin tritt, braucht er sich seiner Waldherkunft nicht zu schämen. Er fühlt sich als ein junger Gott. Sie ist sehr schön, trägt ein blitzendes Diadem in schwarzen, künstlich gewellten Locken, aber ihr kluges Lächeln erschreckt ihn. Schnell nimmt er sich zusammen. Er will sich hier nicht auslachen lassen, wie damals, als er das erste Mal verlegen vor einer Hirtin stand. Wut überkommt ihn gegen ihre Überlegenheit, zugleich aber gegen sich selbst, denn er vermisst in sich die heißen Gefühle, die er immer bei den Hirtinnen gehabt. Er möchte sich auf die Prinzessin stürzen, aber, weil er sie nicht lieben kann, möchte er sie zugleich züchtigen.

Da naht sie sich ihm von selbst, bohrt die Blicke ihrer scharfen schwarzen Augen in die seinen, ergreift seine Hand, schmeichelt seiner Schönheit und seiner unter den Hirtinnen berühmten Liebeskunst, die sie belauscht hat. Da wandelt sich sein Inneres. Seine Wut ist verflogen. Wenn auch kein Gefühl, wie bei den Hirtinnen, in ihm aufglüht, so doch ein gieriger männlicher Stolz, der um jeden Preis siegen will. Ruhig mustert er die schönen Glieder der Prinzessin, und zum ersten Mal tut er kühl, was er viele Male in heißem Rausch getan. Er ist mit sich zufrieden, und sie scheint auch mit ihm zufrieden zu sein.

Die Hirtinnen waren in seinen Armen stets selig entschlummert, aber die Prinzessin führte wohlgesetzte Reden, forschte ihn aus über seine Gefühle und Gedanken und war unermüdlich in Fragen über die Hirtinnen. Das war ihm neu und lästig, und er half er sich mit Lügen, in denen er seine Taten wacker herausstrich, zumal gerade dies der Prinzessin zu gefallen schien. Das, wozu er die Hirtinnen allmählich verführt hatte, das wusste die Prinzessin schon alles von selbst, obwohl sie sich ihm als eine Jungfrau gegeben hatte.

„Ja", denkt er, „es ist etwas Großes um die Liebe einer Prinzessin", und als sie ihn in das für ihn bereitete Schlafgemach entlässt, da verachtet er ein wenig die guten, gar so ländlichen Hirtenmädchen.

Am folgenden Tag wäre er freilich gern wieder in die Wälder zurückgekehrt, um über das Erlebte nachzudenken, vielleicht sogar mit seinem Erzieher zu reden und sich vor den Hirtinnen als der Liebhaber der Königstochter aufzuspielen. Aber diese ließ ihn gegen Mittag wieder holen, setzte ihm ein köstliches Mahl vor, fuhr dann mit ihm in ihrer Karosse spazieren, und er wurde nicht müde, ihre Klugheit zu bewundern. In der Dämmerung zog sie ihn wieder auf ihr Lager und begann das gestrige Spiel von neuem. Schon freute es ihn weniger als gestern, und am folgenden Tag war er müde und verdrossen wie niemals, nachdem er nachts mit einer Hirtin geschlafen hatte. Als er, im Garten sitzend, über seinen Zustand nachdachte, raschelte neben ihm die Schlange im Gras. Er sagte:

„Es ist etwas Großes um die Liebe einer Prinzessin, aber das Herz bleibt leer dabei."

„Packe sie bei ihrer Schwäche", flüsterte die Schlange, „und du wirst ihr Herr".

„Wie soll ich das tun?" fragte der Jüngling.

„Du bist noch zu dumm. Geist ist die Kraft des Mannes, aber die List der Frau. Bleibt er dir fremd, so umgarnt sie dich mit blendenden und trügerischen Schlüssen."

„Wo finde ich ihn?"

„Schmeichle dem Geist der Prinzessin, bitte sie, dich zu unterrichten. Sie wird dir Bücher zu lesen geben, aber sobald du sie lesen kannst, höre nicht mehr auf die Worte der Prinzessin, denn sie hat sie selbst den Büchern entlehnt und nach ihren Gelüsten ein wenig entstellt. Sie ist dir heute überlegen, weil sie die Quellen kennt. Hast du aber selbst getrunken, dann wird ihre Gelehrsamkeit vor deiner Erkenntnis zunichte."

„Wie ist das möglich?" fragte der Jüngling betroffen.

„Ich habe vor 10 000 Jahren zuerst mit dem Weibe gesprochen", wiederholte die Schlange ihr altes Lied, „denn es ist dem Mann an angeborener Klugheit voraus, aber in seiner Leichtfertigkeit vermochte es mit meiner Weisheit nichts zu gestalten. Nun aber spreche ich zu dem Manne selbst, und von heute ab sollst du wissen, warum du Adam heißest, das bedeutet: der Mensch."

Die Prinzessin zeigte sich hochbeglückt, als Adam sie bat, ihn zu lehren, in den Schriften zu lesen. Er zeigte sich sehr eifrig, während sie ihn geschickt unterrichtete. Sie lehrte ihn aber noch anderes, nämlich wie er mit den Menschen des Hofes und des Volkes reden, wie er sich bewegen und wie er sich kleiden sollte. Nun ist er ein täglicher Gast in dem weiten Büchersaal des Schlosses, er zeigt sich anstellig, wenn ihm jemand einen Auftrag gibt, verwendbar für Geschäfte. Der König wird auf den begabten Jüngling aufmerksam, fragt nach ihm und nimmt ihn schließlich in seine Dienste. Adam steigt empor, verursacht Neid, besiegt ihn durch Klugheit und Freundlichkeit; er erweckt die Liebe anderer Frauen, aber er hält sich zurück, denn sie verlocken ihn nicht. Sie alle ähneln, so verschieden sie unter einander sein mögen, der Prinzessin, und er hat genug an der kalten, aber verzehrenden Flamme ihrer Liebe. Er entzieht sich auch ihr, so gut er kann, und wenn es sich um Studium oder Geschäfte handelt, dann lässt sie seine Ausflüchte gelten.

VI

Adam lernt, vor den Menschen seine Gedanken zu verbergen. Aufrichtig spricht er nur mit der Schlange, die ihn tröstet, oft aber auch quält, denn sie feuert beständig seinen Ehrgeiz an, auszuharren und immer höher zu steigen, zugleich aber schürt sie seine Sehnsucht nach einem Glück, das er nicht kennt, und das der Gegensatz all des ihn umgebenden Glanzes wäre.

„Wenn ich nur einmal zu einer der Hirtinnen zurück könnte", seufzt er oft, und eines Tages äußert er diesen Wunsch gegenüber der Schlange.

„Hirtinnen gibt es hier nicht", flüstert sie, „aber etwas anderes, was dich erfrischen wird."

Eines Nachts hüllt er sich auf ihren Rat in ein einfaches Gewand, verlässt die erleuchteten Straßen der Hauptstadt, gelangt in die Vorstädte, und dort sitzt in einem halb ländlichen einstöckigen Häuschen hinter Blumen ein Mädchen, das etwas an die Hirtinnen erinnert. Sie ist ein wenig älter als jene, städtisch, wenn auch schlicht gekleidet, weder spröde noch keck. Ihre lächelnde Bereitschaft gleicht der Weise der Hirtinnen. Als er zum ersten Mal bei ihr eintritt, überkommt ihn ein heißer Schauer, wie bei jenen und wie er ihn nicht ein einziges Mal bei der Prinzessin gespürt.

So oft er nun unbemerkt das Schloss verlassen kann, flüchtet er hierher. Es ist ihm, als könne er sich bei ihr in eine Tiefe versinken lassen, auf deren Grund ihre Arme ihn auffangen. So wird er bei ihr wieder zum Kind, er, der so lange allzu angespannt Mann hatte sein müssen. Sie hat eine solche Art der Liebe nie erfahren, denn sie ist an eine gröbere Männerweise gewöhnt gewesen. Eines Nachts sagt sie ein Kosewort, als sei sie nicht seine Geliebte, sondern seine Mutter. Er fährt auf, wie von einem plötzlichen Schmerz getroffen, dann flüstert er vor sich hin:

„Ich habe nie eine Mutter gehabt."

Sie hört es erstaunt und fragt: „Wie ist das möglich?"

„Die Frau, die mich gebar", erwidert er, „war eine beschränkte Frau. Ihre Götter hießen Kochlöffel und Kehrbesen. Mein Vater war anfangs ein heiterer Mann gewesen. Als er vor seiner Frau in die Wälder floh, bekam er einen Wolfsblick und lebte lieber mit Tieren und Bäumen. Nach seinem Tod wurde ich zur Erziehung fremden Männern übergeben, erst einem guten, dann einem bösen. Was für andere die Erinnerung an die Mutter sein muss, das ist für mich ein heiliges Bild, das in meiner Kindheit zu Häupten der Menschen an einem Baumstamm hing, so hoch, dass ich es nicht erreichen konnte. Nie habe ich daran gedacht, aber als du eben zu mir wie zu einem Kinde sprachst, da offenbarte sich mir das große Geheimnis der Mutter."

Das Mädchen hört verwundert, fast erschrocken zu. Als er einen Augenblick aufblickt, da gewahrt er über dem Bett des Mädchens im Schimmer eines roten Flämmchens das Bild der Heiligen Mutter mit dem Kind, von deren Schoß ihn einst der Alte genommen, um ihn von dem Wolf in den Wald tragen zu lassen. Ein überwältigender Schauer überkommt ihn. Kaum kann er sich von dem Lager erheben. Da sieht er die Schlange, wie sie unruhig in der Kammer umherkriecht in heftigen Krümmungen.

Während er heimkehren will, zischt sie ihn draußen in der dunklen Gasse heftig an. Er aber packt beherzt ihren Hals, als wollte er sie erwürgen, und spricht zum ersten Male hart mit ihr:

„Warum hast du mir nie die Wahrheit gesagt?"

„Meine Aufgabe ist nicht die Wahrheit zu sagen", erwidert sie, von seiner Drohung unberührt, „sondern Wege zu weisen. Wo sie dich hinbringen, ist nicht meine, sondern deine Sache. Ich habe dich zu den Hirtinnen, der Prinzessin, zu dem Mädchen und nun sogar — nicht aus eigenem Antrieb, sondern auf höheres Gebot — zur heiligen Mutter geführt. Was willst du mehr? Du bist jetzt einem Geheimnis auf der Spur, ich aber werde nun wieder unter die Erde zurückkehren."

„Deine Aufgabe, sagst du, ist es nicht die Wahrheit zu sagen?" fragte Adam ungeduldig, „wessen Aufgabe ist es denn?"

„Es ist die Aufgabe des Alten. Ich will dich, ehe ich dich verlasse, zu ihm in den Wald zurückführen."

Der Alte sitzt schweigend vor der verlassenen Mühle, umgeben von vielen abendlichen Vögeln. Adam aber fragt ihn nach der Wahrheit.

„Es ist noch zu früh", lautet die Antwort. „Es ist heute 30 Jahre her, da folgtest du von hier aus dem Fürsten dieser Welt. Du kennst sie nun, du hast sie genossen, aber nicht geliebt. Noch gibt es eine andere Welt. Erst wenn du jene kennst, rundet sich diese Welt dir zusammen mit der anderen zur Wahrheit."

„Wer soll mich in jene andere Welt führen?" fragt Adam enttäuscht.

„Wieder die Schlange", erwidert der Alte.

„Aber sie hat gesagt, sie wird jetzt unter die Erde zurückkehren."

„Eben dahin wirst du ihr folgen müssen."

„Und mein Amt, das ich unter den Menschen habe?"

„Das erfüllst du weiter, du wirst fortan in zwei Welten leben."

VII

Die Schlange Koruna bohrte sich gen Mittag in die Erde. Sie grub einen langen Gang, durch den ihr Adam in einen dunklen viereckigen Raum folgte. Dort thronten, jeder an seiner Wand, die vier gewaltigen Könige in Stein: der Segnende, der Hemmende, der Feurige und der Vielgewandte.

„Wessen Reich willst du zuerst betreten?" fragte die Schlange.

„Ich kenne den Segnenden", erwiderte Adam, „er hat mir Mut, Vertrauen, die Güter der Welt, aber auch den Glauben an einen tieferen Sinn gegeben; ich kenne den Vielgewandten, er hat mich mit mannigfachen Fähigkeiten ausgestattet, aber meinen Geist auch oft mit dem Unwesentlichen erfüllt, der Feurige hat mir viel Kampf und Ungemach verursacht, wodurch ich reifte, aber dem Hemmendes bin ich stets ausgewichen. ‚Wozu brauche ich ihn?' habe ich mich gefragt. ‚Was tut er andres, als zu stören?' Darum will ich jetzt zuerst zu ihm, auch seine Tugenden zu erkennen."

„Wohlgesprochen", sagte die Schlange. Unter Dröhnen schob sich das Standbild des Hemmenden vor. Es war mit dem Rücken an eine Steintür befestigt, die nun offen stand. Adam folgte der Schlange in einen dämmerigen Raum, in den aus niedrigen Fenstern am Boden bleiches Licht fiel. Durch die Scheiben blickte man in ein tiefer gelegenes schneebedecktes Gelände. Verkrüppelte Bäume waren so von Eis umstarrt, dass man ihre Art nicht unterscheiden konnte. Ein älterer Bauer in Lammfellpelz und -mütze schob einen hochbeladenen Holzschlitten vor sich her und hielt an vor einer elenden Hütte, die er betrat.

Adam folgte der Schlange über ein vereistes Holztreppchen, auf das man durch eines der niedrigen Fenster gelangte. Er klopfte an die Tür der Hütte. Grämlich, aber nicht abweisend öffnete der alte Bauer. Drinnen war es warm und behaglich, aber es stank nach Fusel, schlechtem Fett und Rauch. Bisweilen knackte es im Holz der Wände.

„Bei mir ist es langweilig", begann der Bauer das Gespräch.

„Wir sind nicht zur Unterhaltung gekommen", erwiderte Adam, „gerade das will ich lernen, so gut wie du, die Langweile zu ertragen".

„Hier gibt es nur eines zu lernen", sagte der Alte, „Warten, Geduld haben, die Ewigkeit".

Da ertönte von unter der Erde herauf ein tiefer Bass, der ein uraltes Kirchenlied sang.

„Wer singt da?" fragte Adam erschüttert.

„Der Gefesselte", erwiderte der Bauer gleichgültig, „der hat das Warten gelernt, der versteht sich auf die Ewigkeit".

Nun öffnete er eine Falltür. Unten saß ein bärtiger Mönch, an eine Tretmühle gefesselt und drehte sich in engem Kreis, unaufhaltsam, unermüdlich. Sein Lied war inzwischen verstummt.

„Wenn es sein muss", sagte Adam entschlossen, „binde mich neben ihn, ich will mit ihm auf die Ewigkeit warten und es nicht gering achten, dass ich mich bis dahin unaufhörlich im Kreise drehen muss."

Über das bisher teilnahmslose Antlitz des Bauern huschte etwas wie ein Lächeln der Befriedigung.

Die Schlange aber sprach: „Halt, hier ist deines Bleibens nicht. Deine Worte verraten, dass du lange genug in diesem Reich der unaufhaltsamen Umdrehung gelebt hast, nur sahest du es nicht unter dem Wechsel der Gesichte.

Nun aber siehst du, was der Untergrund auch deines bunten Lebens war, und nimmst es an. Deine Bereitschaft ist gut. Darum darfst du weiter gehen. Noch hast du drei andere Reiche zu besuchen."

Auf dem Rückweg durch den dämmerigen Raum mit den niedrigen Fenstern fragte Adam die Schlange: „Seit wann redest du so klug? Dein Amt, sagtest du doch, sei nicht die Wahrheit zu sprechen."

„So ist es über der Erde", erwiderte sie, „dort bist du klüger als ich, da konnte ich in dir nur Wünsche, Begierden, Sehnsüchte entfesseln. Hier unter der Erde aber bin ich die Klügere."

„So führe mich weiter."

Beide kehrten in den viereckigen Raum zu den steinernen Königen zurück. Nachdem sich die Tür des Hemmenden dröhnend hinter ihnen geschlossen hatte, öffnete sich, ebenso wie vorher die erste, eine zweite Tür in einen Raum voll Feuer. Die Schlange sagte: „Fürchte dich nicht. Das Feuer ist nicht um einen Grad heißer, als das Feuer in dir. Es kann dich nicht verbrennen."

In der Mitte der züngelnden Flammen stand in rotem Schein ein antiker Krieger, achillesähnlich, mit Schild und Speer, wie im Aufbruch zum Kampf.

„Was soll mir der?" fragte Adam ärgerlich, „mit ihm habe ich immer in Feindschaft gelebt. Vorüber sind die Zeiten, in denen der Mensch durch leibliche Stärke den Gegner niederrang. Geistige Waffen entscheiden heute die Siege, jener aber ist zurückgeblieben im Fleisch. Ja er hat sich neuerdings mit starken Armen der Früchte des Geistes bemächtigt, ihn geschändet, indem er ihn in den Dienst der Rohheit stellte. Zur Mehrung seiner Körperkraft hat er die vernichtende Feuerwaffe erfunden. Der Umgang mit ihr aber hat ihn selbst verwandelt. Aus dem Helden ist ein hirnloser, schwadronierender Popanz geworden, der auf Massenmord zielt. Er war überall mein Feind, der Durchkreuzer, zu oft sogar der Zerstörer meiner Pläne, wenn der König auf ihn hörte statt auf mich. Er ist so sehr von aller Gnade entblößt, dass sogar seine Siege Niederlagen sind, während der Geist, zu dem du, Koruna, mich einst führtest, auch da siegt, wo er äußerlich unterliegt. Wäre jener nicht noch immer so gefährlich, er wäre lächerlich."

„Deine lange Rede", erwiderte die Schlange „spricht wahr, aber der plötzliche Eifer, in den gerätst, verhüllt schlecht deine Furcht."

„Ja, es ist wahr, ich fürchte seine hitzige Dummheit, die so oft die Wege der Weisheit verlegt."

„Nein, nicht darum fürchtest du ihn, denn die Wege der Weisheit können keinem verlegt werden, der nicht selbst etwas von jener hitzigen Dummheit in sich hat; und ihr Menschen habt alle etwas davon, denn ihr braucht sie zunächst im Kampf mit der Welt. Du fürchtest den Feurigen, weil er in dir selber lebt und dich quält. Wärest du nicht immer dem Hemmenden in dir ausgewichen, so hätte der dein eigenes allzu hitziges Feuer gedämpft. Es ist wahr, lau bist du nie gewesen, und darum haben dich die Götter niemals ausgespien aus ihrem Munde. Du warst hitzig oder kalt, aber es fehlte dir die freundliche segensreiche Wärme, in der das Leben seine tiefsten Wurzeln schlägt und seine reichsten Blüten treibt."

„Darum", sagte Adam sinnend, „war ich bereit, mich an die Tretmühle des Hemmenden spannen au lassen. Ich bedarf wohl der Fesseln."

„Das hätte geheißen: vom Regen in die Traufe geraten", erwiderte die Schlange, „du musst beide an dir haben, den Feurigen und den Hemmenden, dann brauchst du draußen keinem zu erliegen".

„Wie überklug du doch unter der Erde bist", versetzte Adam, und er wunderte sich über seine gute alte Koruna. „Nun zu den beiden andern!" rief er.

Sie kehrten in den Raum der vier gewaltigen Könige zurück. Zunächst öffnete sich die Tür hinter dem Vielgewandten. Adam betrat einen Raum, wo man vor dem Lärm von Maschinen, Instrumenten und lebhafter Rede und Gegenrede sein eigenes Wort nicht mehr verstand. Es wurde geklopft, gefeilt, gehämmert, gebohrt, dazu musiziert, in mehreren fremden Sprachen gehandelt, gestritten, verteidigt und gescherzt. In der Mitte stand mit einem Taktstock, gleich einem Kapellmeister, ein hagerer, nervös fuchtelnder Mann, aber er schien ein schlechter Dirigent zu sein, der das wirre Treiben nicht in Ordnung zu halten vermochte. Dazu war er selber viel zu aufgeregt. Er ging mehr in dem Getöse auf, als dass er es beherrschte.

Sein Haar und seine Kleider flatterten um ihn her. Er gebärdete sich, als hinge alles von ihm ab, aber in Wirklichkeit schien er so wenig für das Geschehende verantwortlich zu sein, wie der krähende Hahn für den anhebenden Tag.

„Genug, genug", rief Adam aus, „das kenne ich nur zu gut. An dieses Treiben habe ich allzu lange mich selbst verloren. Hier finde ich nichts zu lernen, höchstens zu sehen, was von mir zu werfen not tut."

„Ich bin mit dir zufrieden, Söhnchen", sagte die Schlange, „es ist gut, dass dir vor diesem Narrenhaus graut, das du so lange für das Haus des Lebens hieltest". Sie führte Adam zurück und unter dem Dröhnen der Tür betraten sie das Reich des Segnenden. In einem prächtigen Festsaal, dessen hohe Fenster sich auf ein blaues Meer öffneten, saß an einer reichen Tafel unter heiteren Reden Adams verstorbener Vater zwischen vornehmen Herren mit feinen geistigen und gütigen Gesichtern. Auf einem Balkon spielte gedämpfte Streichmusik, festlich, doch etwas veraltet.

„Auch diese Welt kenne ich", sagte Adam zur Schlange. „Es war einmal die Welt meiner kindlichen, lebendürstenden Sehnsucht. Meine Sehnsucht hat sich erfüllt, ich bin in dieser Welt scheinbar zu Hause gewesen, aber sie ist mir schal geworden."

„Sie war dem Knaben eine verschlossene Welt", fügte die Schlange hinzu; „voll Angst vor dem Hemmenden, voll Hass gegen den Feurigen hast du schließlich hier den Eintritt gefunden, so wie ein Kind bezaubert, aber auch befremdet, ein Gemach betritt, zu dem nur Erwachsene Zutritt haben. Um dir hier Beachtung und Berechtigung zu verschaffen, hast du mannigfaltige Gaben in dir entwickelt, die du dem Vielgestaltigen verdankst; aber dein Können und Wissen war dir selbst nie genug. Du wolltest immer mehr, um immer höher zu steigen im Rat der Mächtigen und Weisen. So fandest du nimmer Rast unter den Gesegneten, und darum wurde dir ihre Welt schal."

„Nun habe ich die vier Reiche gesondert betreten und sie unterscheiden gelernt", erwiderte Adam „während bisher jeder der vier Herrscher mich ganz beanspruchen wollte und ich immer von einem zum andern floh, bald um einem zu entrinnen, bald um bei einem andern Schutz zu suchen. Nun weiß ich, dass ich Bürger der vier Reiche bin; aber in keinem darf ich verweilen, keines gewährt mir Schutz gegen die drei anderen, und dennoch könnte ich niemals auch nur eines der Reiche missen."

„Du kannst immer nur von einem her die anderen begreifen, und wenn du sie auf diese Weise alle vier begriffen hast, dann bist du bei dir selbst angekommen; nun müssen dir die vier Mächtige jeder auf seine Weise, dienen, du aber hältst in dir unterschieden, so dass sie nicht mehr gegen einander, sondern nur noch gemeinsam in deinem Namen wirken können."

„Ich habe dich verstanden", antwortete Adam nachdenklich. „Wie gut war es, dass du mich meiner zu Nichts führenden Sonntagsträumerei zwischen schalen Alltagswochen entrissen hast und mich mein Leben noch einmal leben und begreifen ließest."

„Jetzt ist es an der Zeit", sagte die Schlange, „an den Ort deiner ursprünglichen Angst, zu dem Hemmenden zurückzukehren und zu sehen, was aus dem gefesselten Mönch an der Tretmühle geworden ist".

Adam und die Schlange kehrten in die winterliche Hütte zurück. Der alte Bauer ist nicht mehr dort. Die Tür und die Fenster stehen offen. Ein klarer, sonniger Wintertag erhellt den Raum. Das Behagen ist verschwunden, aber auch der Gestank. Adam öffnet auf Geheiß der Schlange die Falltür. Von der Tretmühle und dem Mönch ist dort unten nichts mehr zu sehen. Auf dem Boden des Kellers aber blitzt zwischen schwarzem, vulkanischem Gestein die unterirdische Mitternachtssonne. Adam erkennt sie. Er hat ihr Abbild schon einmal gesehen: am Beginn seiner Wanderung, als er an jenem Sonntag Abend in den Klosterhof getreten war, von wo ihm der Alte den Weg in die Tiefe zeigte. Nun erinnerte er sich, wie er eine Steinfließe hatte heben müssen, um die Treppe hinab zu finden; auf dem Stein aber hatte ihm die dunkelrote Scheibe der unterirdischen Sonne zum ersten Mal geglüht.

„Hier hört meine Weisheit auf", sprach Koruna feierlich. „Weiter als bis zu diesem Gegengestirn eurer Tagessonne kann ich keinen Sterblichen führen. Richte nun deine tiefsten, stärksten Blicke auf sie. Ihr Licht blendet nicht wie die Sonne des Mittags, sondern öffnet die Augen eines tieferen Schauens."

„Und du weißt nicht, was ich noch weiter sehen soll?" fragte Adam erschüttert.

„Du wirst die Vollkommenheit der Welt sehen. Dies vermag nur der Mensch, denn ihm ist gegeben, über sich hinaus und unter sich hinabzublicken. Wir anderen Geschöpfe sind und bleiben, was wir sind. So ist mir mein Wesen von Uranfang gegeben, es kann nicht **mehr** und nicht **weniger** werden. Der Mensch aber kann zum Tier werden und zum Gott. Nun weißt du, warum du Adam genannt bist. Vor vielen tausend Jahren habe ich zu deinem Weibe gesprochen; ihr Wesen ist, das Leben zu leben, heiß und süß, wie es kommt, bald tief, bald leicht. Darum habe ich ihre Klugheit früher wecken können als deine, nicht aber ihre Einsicht. Dieses Werk musst du an ihr tun voll Weisheit, denn nur der, welcher die Weisheit der Erde erfasst, kann zu der Weisheit der Himmel emporsteigen. Darum habe ich jetzt zu Adam von Angesicht zu Angesicht gesprochen. Du hast meine Botschaft empfangen; zeige, was du vermagst. Korona, deine alte Muhme, verlässt dich nun, aber sie schaut dir im Stillen zu."

Adam hörte gerade noch ihre letzten Worte. Nachzublicken vermochte er ihr nicht mehr, so sehr fesselte ihn der tiefe Schein der Mitternachtssonne. Die Erde erglühte bis in ihre Tiefen, und Adam erkannte, dass sie nur die Glut seiner eigenen Tiefe spiegelte.

VIII

Adam blickte nun Tag für Tag in die mitternächtige Sonne hinab. Erst überkam ihn eine Ruhe, wie er sie niemals gekannt, einen Tag aber ist ihm, als flimmerte es ihm vor den Augen.

Schwarze Schemen huschen um den dunkelroten Kern. Sie bilden ein düsteres Menschengewimmel, aber körperlos, wie Schattenrisse. Dann sieht er die Kontur eines uralten schwarzen Wikingerschiffs mit Rudern und Segeln. Es kreist in einer düsteren nordischen Bucht am Ende der Erde ... Thule. Dann durchdringt wieder die dunkle Sonne die durchsichtigen Schattenrisse. Adam heftet den Blick auf das Gestirn, um sich aus der schwankenden Unordnung zu retten, aber da wird es zu einem Glas, durch das er in den Schiffsraum schaut. Dort sitzen um eine Tafel zechende nordische Männer, es können auch Götter sein. Plötzlich ist alles zugedeckt durch einen ehernen Schild mit einem Kreuz. Mittelalterliche Krieger ziehen heran. Sind es Kreuzfahrer? Nun stehen sie in Schlachtordnung: eine Hecke eingelegter Lanzen. Alle sitzen auf gepanzerten Pferden, Adam mitten darunter. Er ist wieder einer unter vielen. Im Sturmlauf berennen sie eine Stadt. Dann aber hebt sich das ganze Heer in die Lüfte, rast zwischen Wolken wie die wilde Jagd und nähert sich immer mehr dem Vollmond, der durch die ewige Nacht leuchtet.

„Auch eine Mitternachtssonne", denkt Adam höhnisch, „aber sie ist kalt und tot."

Da verwandelt sich der Mond in ein großes, glänzendes, perlmutternes Schneckenhaus mit gastlichem Bauch. Das Heer zieht friedlich in das Gewinde ein, freundlich vom Mond aufgenommen.

„Das ist der Wahnsinn!" ruft Adam und verliert das Bewusstsein.

Ein Alpdruck quält seinen Schlaf. Wieder ist die Schlange da. Sie führte ihn ins Waldinnere zurück, Es will sich ihm kein Bild gestalten. Nur undeutlich erblickt Adam einen Folterknecht, der, ein Messer zwischen den Zähnen, einem auf ein Marterbrett Gestreckten das Fleisch von den Gliedern reißt.

„Muss ich", denkt Adam, „so wie dieser Folterknecht tut, mit meinem eigenen Ich umgehen, wenn es der Erkenntnis nicht folgen will, die mir der Blick in die Mitternachtssonne gebracht hat?"

„Es ist heute ein schlechter Tag in der Ewigkeit", höhnt die Schlange, „darum komme ich noch einmal zu dir. Lass uns auf einen Baum steigen und die Nacht abwarten."

Koruna windet sich am Stamm empor, Adam schwingt sich in die Zweige. Da ringelt sich die Schlange um ihn. Er fühlt wieder Geborgenheit.

„Verharre so", erwiderte sie, „dann entgehst du dem Wahn der hemmungslosen Freiheit. Ich schütze dich noch einmal, bis dein Leben neue Gestalt gewinnt, die dich wieder bindet."

„Es ist gut, dass du wieder da bist", flüstert Adam, „du meine irdische Führerin. Was ich in der Mitternachtssonne geschaut habe, muss den Menschen zum Wahnsinn führen."

„Ja", scherzte die Schlange, „schon warst du im Begriff in den Mond zu fliegen, die Sehnsucht aller Narren."

„Aber was nun?" fragt Adam, „die Ewigkeit nimmt mich noch nicht auf, auf der Erde kann ich nicht mehr stehen, denn an sie bindet mich nichts mehr. Soll ich nun hier starr in deiner freilich sicheren Umwindung verharren und die Welt als Zuschauer an mir vorüberfluten lassen? Das würde mich veröden lassen, der ich an Bewegung gewohnt bin."

„Nein", antwortet Koruna, „bei mir kannst du auch nicht bleiben, ich muss unter die Erde zurück. Deine letzte Aufgabe ist, mit Eva zu sprechen."

„Mit Eva?" fragt Adam verwundert und etwas ärgerlich. „Von ihrem Treiben habe ich mich gelöst, als ich dir folgte. Ist sie nicht gar zu töricht? Wenn sie Lust gibt, ist sie ein anmutiges Spielzeug, aber alles, was sie sonst tut, ist doch verkehrt, stört durch die Jahrtausende den Sinn der Welt."

„O weiser Adam", spottete die Schlange, „wie töricht redest du jetzt. Deine Weisheit nützt dir nichts, wenn du nicht Eva, die andere Hälfte des Menschen dafür gewinnst!"

„Aber sie ist doch unbelehrbar."

„Vergiss nicht, Adam", mahnte Koruna, „dass ich zuerst mit ihr gesprochen habe."

„Dadurch trifft mein Vorwurf sie noch mehr", versetzte Adam, „sie rühmt sich ihrer Zwiesprache mit deiner Weisheit, aber sie war immer viel zu leichtfertig, um dich zu verstehen."

„Falsch, Adam", sprach die Schlange. „Verstanden hat sie mich damals tiefer als du; was sie versteht, das lebt sie, denken musst du es. Tust du das nicht, dann freilich vergisst sie leicht den Sinn des Lebens, verwildert oder verdorrt, und dann wirst du bald so arm wie sie. Darum, Adam, habe ich jetzt diese Wanderung durch Tod und Wonne, durch Erkenntnis und Wahnsinn mit dir gemacht. Nun blicke nach vorwärts, auf die, welche deine Gefährtin war von Anbeginn."

Korona löste ihre Umschlingung, glitt an dem Baum hinab und versank in der Erde. Adam aber schaute in die Tiefe des Waldes. Dort erschien, auf einem Löwen reitend, Eva, auch sie zurückkehrend von langer einsamer Reise.

Eva aber sprach:

„Adam, gib mir die halbe Frucht zurück, die ich dir vor Jahrtausenden im Paradiese gab. Wir wollen leben, als hätten wir sie nie gekostet. Vielleicht gibt uns Gott nach so langen Leiden das Paradies wieder. Es braucht ja nicht so herrlich zu sein, wie das erste, aus dem uns unsere Sünde vertrieben hat."

„Nein, Eva", erwiderte Adam. „Die Frucht kann ich dir nicht wiedergeben. Wir haben sie verzehrt, und sie ist ein Teil von uns geworden. Wir müssen nun sehend sein mit gutem Gewissen und nicht länger schwanken zwischen blindem Frommsein und kurzsichtiger Empörung gegen den Sinn des Lebens."

„Weißt du denn den Sinn des Lebens?" fragte Eva ungläubig.

„Inzwischen hat die Schlange auch mit mir gesprochen", antwortete Adam, „ich habe dir Vieles zu sagen."

Eva spitzte die Ohren und lauschte. Sie stieg von ihrem Löwen herab.

„Wenn das wahr ist", erwiderte sie, „dann will ich neu mit dir beginnen."

Sie schmiegte sich an ihn, und mit dem Gespräch Adams und Evas begann ein neues Alter der Welt.

Inhaltsverzeichnis

Vorwort 5

Das Märchen vom König und dem Fischotter 9

Das Märchen von dem Fischotter 25
und dem anderen König

Brolantes Erlösung. Ein Nachspiel 47

Wege nach Atlantis 55

Adams Wanderung mit der Schlange 95